アル・ゴール
「わたくし一万本は伐採しますわー！」
「もっとたくさん持って帰ろうぜー！」
シードゥル
ブラッディマリー
「誰がそこまでやっていいって言ったーッ!?」
著 岡沢六十四
Illustration 村上ゆいち
異世界で土地を買って農場を作ろう
14
Let's buy the land and cultivate in different world

キダン
先生
プラティ
聖者キダンJr

「謎を解き明かし、
犯人を見つけ出すのだ！
犯人はこの中にいる！
真実はいつも一つ！
ジジイの名に懸けて
証明完了なのだ！」
ヴィール
ドラゴン温泉殺人事件!?

「わらわこそエルフ王国の長！
つまりはエルフ王！」
「その名もエルフエルフ・エルフリーデ・エルデュポン・
エルトエルス・エルカトル・エルザ・エルゼ・エルヴィーラ・
エルマントス・エルカトル・エルーゼ・エルフエルフ・ミカエル・
ウリエル・ガブリエル・アリエル・アリエナイ・ラファエル・
エル・エルファントである！」
エルフ王

異世界で土地を買って農場を作ろう
著 岡沢六十四
Illustration 村上ゆいち
14
Let's buy the land and cultivate in different world

contents

Let's buy the land and cultivate in different world

俺です。

農場内を歩いていると、またしても目を引くというか……、注意を引く人物たちを発見してしまった。

先生と、猫の博士だ。

「先生ったら、農場に来て何を……？」

先生が農場へ遊びに来るのに理由はいらないんだが、つるんでいるのが博士ということで警戒を誘う。

何せ双方、数千年を生きるノーライフキング。

その中でもトップクラスを占める方々だ。

その二人が額を寄せ合って密談しているとなれば、警戒しない方がおかしい。

「しかしどうやって声掛けしたものか……」

なんかあの二人……というか一人と一匹。

超真剣な雰囲気で話し合っているから割り込みにくい。先生のことだからそれで機嫌を損ねるなんて万に一つもないことだが、やっぱり年長者には気を遣うのだ。

「そういう時は、逆に年少者の出番だな」

というわけで大地の精霊たちを投入。

「ねこちゃんですー！」

「ねこちゃんがこんなところにいたですー！」

「ねこっ可愛《かわい》がりするのですおえええええええーッ！」

子どもである大地の精霊にとって、猫の姿をした博士は大人気。

そして基本子どもなので大人の空気を読むこともなく果敢に攻め入ることができるのだ。

『ぎゃあああああッ!?　また来たにゃ!?　助けてにゃーすッ!!』

速攻捕まった博士は身悶《みもだ》えするが、既に胴体を抱きかかえられて逃亡不可なのであった。

「あ、せんせぇー！」

「せんせぇー、ごきげんようなのですー！」

そして大地の精霊たちは、ノーライフキングの先生にまで臆せず挨拶。

子どもは怖いものを知らない。

『ごきげんよう。ちゃんと挨拶ができて偉いのう』

「えらいのですーッ！」

「あたしたちえらいのですーッ！」

先生も基本子ども好きなので際限なく甘やかす。

博士との会話に乱入されて中断されたというのに、怒るどころか満面の笑みを浮かべる。

「せんせぇ、ねこちゃん可愛がっていいです？」

一応、先生にお伺いを立てる精霊たちだが……。

『もちろんいいとも』

『なんで許可するにゃ!?』

『裏切られた!?』という表情をする博士だった。

「せんせぇから許可をもらったですーッ!」

「せーぎをえたりですーッ!」

「はつどーしょーにんですーッ!」

大地の精霊たちはやりたい放題。

猫の博士を無理やり仰向《あおむ》けに寝かせると、お腹《なか》をワシャワシャする。

その時既に博士(猫)は諦めきった表情をしているのだった。

「すみません、子どもらがしっちゃかめっちゃかして」

俺は自然な装いで先生に話しかける。

我ながら完璧なナチュラルさだ。

『かまいませんぞ、我ながら子どもにはとんと甘くてですな。ついつい何でもお願いを聞いてしまいます』

『おじいちゃんにゃ!?』

撫《な》でこねられながら博士が抗議も兼ねたツッコミをぶつける。

……そうするとここでも農場の三すくみが成立しているのかもしれないな。

1．先生は、ノーライフキングの先輩である博士に頭が上がらない。
2．そんな博士は、大地の聖霊に日夜いじられまくる。
3．そして可愛い大地の聖霊に、先生はついついお願いを聞いてしまう。
三すくみが成立しない。この並びだとただただ先生が絶対弱者だ。

まあいいや。

「……で、先生と博士は何を話し合ってたんですか？」

やたら真剣そうに。

あの雰囲気を見たら気になるのは仕方のないことですが……。

『新魔法の開発にゃ』

いまだ体中をワシワシ撫でられながら博士が言うのだった。

「新魔法って……」

たしか前にも、そういう話があったな。

「人族用のオリジナル魔法を作ろうって話ですか？」

『そうにゃ!!』

でもあの話は、立ち消えになったじゃないですか？

地上に並び立つ大種族。

人族と魔族。

そのうち魔族は、魔術魔法という独自の魔法体系を確立しているが、対して人族は特にこれといった魔法を持っていない。

一応、法術魔法という人族専用魔法があるにはあったが、それは一部の神官とかが使う特権になってしまっていて、第一使うと大地のマナを著しく傷つけて自然破壊する問題のある魔法だった。

『天の神々から与えられた法術魔法をこれから先も使用するのは推奨できないにゃーん。使えば使うだけ未来への負債を積み上げているようなものにゃ』

『しかし、魔族に魔術魔法があるのに人族に何もないというのも寂しい話。そこで天神製の欠陥法術魔法に代わる、新しい人族専用の魔法を発明したいと考えましての』

先生と博士。

既に人類を超越した存在だというのに人類のお世話に甲斐甲斐《かいがい》しい。

彼らの方がよっぽど神らしく振る舞っておる。

どうして？　この最強不死者たちは、そこまで情熱を燃やすのか？

それはノーライフキングの習性と言えるのかもしれない。

そもそもが真っ当な人生に飽き足らず、人であることを捨ててまで不老不死を手に入れた。

その目的は大抵が魔法の研究を進めるため。

寿命に制限されず、永遠に研究を続けられるという意味で極まった魔法研究者にとってノーライフキングほど理想の存在はない。

高位の魔法使いでもないとノーライフキングにもなれないし。

そうした存在にとって新たな研究題材は、まさに心躍る対象であろう。

その一方で、やはり人族に対する憐みの心もあるのかもしれない。

戦争に敗れ、神から見捨てられ、寄る辺ない子どものような人族を援《たす》けようという動機が隠れているのではないか。

先生の方にはあるだろう間違いなく。

もはや論ずるまでもなく優しい人だ。

博士の方は……わからん。

外見猫だし益々《ますます》表情が読めない。

あれはもうああいう生き物だと納得するしかない。

そんな二者で推し進められる人族用、新魔法開発プロジェクト。

『まずは人族の特徴を見直していきましょう』

『んにゃ、人族に適した魔法を作るのには必要不可欠な工程にゃ』

人族の特徴って何だろう？

むしろ特徴の何もないことが人の特徴と言えそうだけど？

『人族の他の種族より優れた点といえば、何と言っても保有する人体マナの量にゃ』

前にもそんなこと言ってましたね。

「人類とて生命であるからには、生命活動を行うためにマナを必要とするにゃ。どんな種族も体内に、自分が健康に生きていくための生命マナを保有しているものにゃすが、人族の場合そのキャパが段違いに高いにゃすよ」

なんてことを話していると、どこからか女の子が一人、呼んでもないのにやってきた。

レタスレートだった。

レタスレートはハアと息を吐いて姿勢を正し、山勢厳《さんせいがん》のかまえを取ると、そこから素早く拳を撃ち出す。

「セイッ!!」

その正拳突きが、虚空に撃ち出したのに凄《すさ》まじい威力で、弾《はじ》かれた空気が俺たちのいるところまで飛んできてビリビリ顔を叩《たた》くのだった。

きっと生木でも殴りつけたら粉々に打ち砕くんだろうな。

「畑仕事の前のウォーミングアップの終わり！　さあ今日もマメを育てるわよ！」

『前にも言いましたが、あの姫が怪力を備えたのも人一倍大きな人体マナを利用しておるからですな。農場で生活しているうちに素質が開花したのでしょう』

『さすが王族、人族の中でもさらに抜きんでて人体マナが豊富にゃー』

本当レタスレートは、いつ頃からかすっかりパワーキャラが板について……！

しかしそれも人族特有？　とやらの人体マナが原因で、その有用さを物語るといえよう。

レタスレート当人は頑《かたく》なに豆のおかげだと言い張っているが。

『あの膨大な人体マナを上手《うま》く利用したいものですな』

『あらかじめ進めていた研究があるにゃす。あれを発展させる形でなんか新しい魔法を作るにゃよ』

間違いなく世界最強候補に並び挙げられるだろう二者が、本気になって完成を目指す。

『一つ案がありましてな』

先生が意気揚々と言う。

『回復魔法などどうでしょうか？　生命マナは、動植物が持つ自己治癒力とそれこそ相性がいいでしょう』

『回復魔法にゃ!?』

博士のリアクションが大きい。

『また大きな目標を掲げたものだにゃ。回復魔法は目標としてはオーソドックスだけど、いまだ誰も完成させたことのない最高難易度魔法にゃす』

え？

そうなの？

『回復魔法の開発に挑戦したノーライフキングはこれまでも何人かいたけど、全部失敗しているにゃ。不可能に挑戦するにゃん？』

『ノーライフキングが回復魔法を使えないのは、自分自身の魔力を元に開発を進めたからです。不死者のマナを拠《よ》り所《どころ》にして、どうして生命力を活性化できましょう？』

先生が淀《よど》みなく答える。

『そもそもノーライフキング自体、ダンジョン内の停滞マナを吸収していくらでも再生できますから自分自身は回復魔法など必要としません。だから開発にも本気にならんのでしょうな』

『一理あるにゃ』

『しかしワシは違いますぞ！　生徒たちが一段と成長するため、人族が簡単に修得できる回復魔法を開発して見せましょう！』

先生のモチベーションが凄《すご》く高かった。

ここまで若者のために尽くそうとするなんて、何がそこまで先生を奮い立たせるのだ。

「あの……、質問いいでしょうか？」

それはそれとして俺も気になることがあったので聞く。

「回復魔法って、先生前に使ってた気がするんですけど、あれはダメなんですか？」

ほら以前、先生が生徒たちの傷を瞬く間に癒したことがあったじゃないですか？

『ああ、アレですか？』

先生はふと思い出したように……。

『アレは回復魔法ではありませんぞ。ただ体のダメージをなかったことにするよう時間操作で戻しただけです』

『そうして体を、傷つく前の過去の状態にしてやってるのにゃ』

ふーん……！

そうなんだ……!?

時間ってそんな気軽に操作できるものだったっけ？

ただ回復魔法の開発はいかな先生でも時間がかかるということで、まず手っ取り早い人体マナ利用法から始めることにした。

人族の有り余るマナを使い、筋力を強化するのだ。

これはレタスレートが自然とできるようになったあれで、マナの力と筋力を合わせてより高い身体能力を発揮できるようになる。

攻撃力も防御力も爆上がり。

その仕組みは先生がとっくに解析していたらしく、すぐさま誰にでも使える術に仕立て上げて生徒たちに伝授した。

ウチの農場に住む留学生たちも大抵才能豊かなのであっという間に体得し……。

＊　＊　＊

「おりゃあああッッ！」

生徒同士の模擬戦。

人族の生徒が魔族、人魚族の同級生を圧倒し連戦連勝だった。

『皆見る見るうちに成長しておりますな……！』

先生が満足そうに見守っていた。

マナ筋力増強法を会得した人族生徒たちは、凄まじい勢いで対戦相手に迫り、防御をものともせず打ち砕いて吹っ飛ばす。

魔族生徒など得意の魔法を使う暇も与えてくれなかった。

「ひぃッ、強い、強すぎる!?」

「パワーの差がありすぎだわ！　接近戦じゃ十手ともたない!?」

おののくばかりであった。

『向き合ってから「始め」で戦うルールでは、もう魔族の子らは人族の子に勝ち目はありませんな』

「そうですねえ、せめて呪文を唱える余裕を作れるぐらいに距離が空いてないと」

それぐらい人族と、それ以外の種族との格闘戦能力に開きができてしまっていた。

それぞれ種族独特の魔法戦法など使えば、まだまだ埋められる差ではあったが、接近戦では魔法の準備が整う間もなくやられてしまうので圧倒的人族優位になってしまう。

「模擬戦のルール改定が必要なようですね……」

戦争では敗北してしまった人族だが、その前にこの能力が広まっていたらどんな結果になっただろうか？

そんな恐ろしいパワーアップ法を簡単に編み出してしまった先生だ。

『さ、この調子で回復魔法も開発してみますかのう。ワシの力添えで世界が発展してくれればこんなに嬉《うれ》しいことはない』

継続的にやる気を発揮してくれる先生。

もしかしたらこの農場を起点にし、先生が全人類の在り方を変えてしまうのではないかと思えた。

そして余談ながら。

先生に学んで筋力を倍増させた人族生徒たちだが、その中で誰一人としてレタスレートにパワー勝負で勝てなかったという。

「豆よ！　パワーの源は豆よ！」

レタスレートは勝因をそう語った。

「皆も強くなりたかったら豆を食べればいいのよ！　豆こそが力を与える！　豆が世界の覇者なのよ!!」

俺ですが……。

「反省会をしようと思う」

「何の？」

「俺たちの結婚式の」

「もう随分前になってない？」

うん。

あんなに楽しく素晴らしかった結婚式も振り返ってみれば、ちょっと昔。

まこと月日の流れの早きことか。

「それに反省なんかいる？　あの結婚式サイコーだったわ、一生の思い出に残る、いい意味でね！」

何よりプラティからそう言ってもらえれば、これより嬉《うれ》しいことはない。

何せ完全にプラティメインのイベントだったから。

プラティが楽しんで思い出を残してくれれば、それがもっともベスト。

しかれども。

「もっとも重要なプラティだけでなく、他の参列者たちもできるかぎり満足していただくことにも拘《こだわ》りたかったのですよ」

「旦那様、カッコいい～」

よせやい。

「でも招待された人たちも大体喜んだんじゃない？　帰り際皆満足そうな顔してたわよ？」

たしかに。

結婚式の参列者は大きく農場住人と、農場外からの招待客の二つに分かれるが、そのどちらも分け隔てなく、満ち足りた表情で解散していった。

中には驚きすぎて口から魂抜き出たような表情になってる方もいたけど。

「ブーイングが出たところと言ったら精々アタシが細工したブーケトスぐらいじゃない？」

「プラティはそこ反省してね？」

やっぱり反省点が出てきたわ。

ちなみにプラティが改造開発した超高速機動型自律稼動ブーケは今日も元気に農場内を飛び回り、結婚欲に憑《と》りつかれたうら若い乙女たちを翻弄しております。

……いや違う。

俺が反省したいのはそこではない。

「披露宴で出したご馳走《ちそう》なんだけど……」

「食べ物？　あれこそ完璧だったじゃない！　どれもこれも美味《おい》しくて頬っぺた落ちまくりよ！」

彼女も花嫁姿でガツガツ食いまくってたからなあ。

当時のことを想起してウットリするプラティ。

「さすがにお祝いの日だったから、俺も張り切って料理を揃《そろ》えた。量も質も納得いくものを揃えたつもりだ」

「だったら反省なんていいじゃない？」

「でも終わってみたら、俺の視点からじゃ見えなかった足りないものに気づいてな」

「えッ!?　足りないもの!?」

今日の反省会はもっぱらそのことについてだ。

「足りないもの……、ってことは。そこを補うためにまた新しい料理を拵《こしら》えるってこと!?　旦那様の新作料理、久々に……、じゅるり」

よだれが、抱っこされてるジュニアにかからないよう注意してほしい。

「で!?　何を作るの旦那様!?　作ると決めたら善は急げよ、ジャスティスはゴー！」

「何か作るとも言ってないんだが……!?」

プラティのテンションが結婚式の時より上がっている気がする。

……深く考えずにおこう。

「反省を続けよう。俺が気になったのは、飲み物だ」

「飲み物？」

食事には飲み物がつきもの。

食べて飲んで飲食と書く。

ドリンクなしで食べてばっかりでは、口から水分がなくなって飲み込めなくなってしまうからな。

「……それなら別に問題ないじゃない？　結婚式でもバッカスが用意してくれた最高のお酒ばっかっしだったじゃない」

プラティがバッカスの口調を真似《まね》しようとして真似しきれていなかった。

「たしかに酒もあった」

この世界における酒の祖バッカスが、農場の原料を用いて手づから作り上げた酒。

最高級品と言って間違いない。

あれで不満だと言ったら天罰が下ることだろう。ヤツは天界由来の半神だし。

祝いの席で酒はつきものというか、ないわけにはいかないから、あれはいい。

完璧な仕立てであった。

しかし逆を言えば……。

「酒以外のドリンクがなかった」

「はう？」

「やっぱりアルコールだからさ。誰でも飲めるわけじゃない」

我が農場も、各国から留学生を預かることで平均年齢が低くなった。

当然彼らはお酒を飲める年齢ではない。なのに披露宴の最中は、他に飲めるものがなかった。

「仕方なく水……、ってせっかくのパーティには寂しいと思ってな」

「なるほど、アタシらはフツーにお酒飲んでたから気づき難かったわね」

でしょう？

俺も、もうとっくに大人だから思い至らなかった。

周囲を見て初めて気づく至らなさ。

「ジュニアもこれから大きくなってさ。子どもらしくたくさん食べて大きくならなきゃじゃない？そんな時ご馳走に添えられたドリンクが水だけじゃねー？」

「お酒は？」

「プラティさん？」

未成年の飲酒はＮＯというところから話し合わなきゃかな？

「ふーん、じゃあお酒みたいに美味しいけれど、お酒みたいに酔わない飲み物を作ろうってわけね？」

「さすがに察しがいい……！」

まあそういうことだ。

飲み会やるとして。

『でもオレ酒飲めないんで！』という人のために大抵メニューの奥の方に小さく載せられている『ソフトドリンク』の一覧。

ウーロン茶を代表に、コーラ、オレンジジュース、コーヒー、紅茶、ウコンエキスに冷やし飴《あめ》。

そういうものがあるから下戸の方でも飲み会が楽しめる！

俺もそういうものを作るべきだった！

そうすれば未成年の子たちも披露宴をもっと楽しめただろうに！

「今からでも遅くない。俺は作ろうと思う。ノンアルコールなパリピ飲料を！」

「わー！　さすが旦那様ー！」

胸に抱いた我が子と共に拍手を送るプラティ。

彼女は多分美味《うま》いものが出来れば何でもいいんだろう。

さて、ここで我が農場のドリンク事情を見直してみよう。

農場暮らしもけっこう長くなったが、その間ずっと飲む物といえば水だけだったのか？

ずっと酒ばかりを体内に注ぎ込んでいたのか？

さすがに違う。

これまでアロワナさんや魔王さんなど訪問客と歓談しながらお茶していたこともあるし、さすがに客人に白湯《さゆ》を振る舞うのは……。

なあ？

さすれば我が農場には既に喫茶文化があるのかというと……これがまた複雑でな。

茶を入れるには茶葉が必要だし、茶葉を得るには茶畑を拓《ひら》いてしっかり育てねばならない。

なら我が農場には既に立派な茶畑があるの？　と問われたら、実はない。

俺、まだお茶方面の生産にまったく手つかずなのだ。

コーヒー豆も作ってないしなあ。

では益々《ますます》、魔王さんやアロワナさんと一緒に喫していた茶は何なんだよ？　という話になるが。

今こそ明かそう、あの異世界茶の正体は……。

その辺でちぎってきた葉っぱを、そのまま煮出したものだ！

いや聞いて。

あれはまだ農場開拓最初期の頃。畑を広げたり、味噌《みそ》醤油《しょうゆ》を作ったり、家を建てたりでやること満載だった当時、とても嗜好品《しこうひん》のお茶にまで割くリソースがなかった。

しかしただのお湯を喫するのは物寂しいということで、その辺に生えてる木から葉っぱを四、五枚ちぎって、そのまま鍋にインして煮たててみたら、それとなくお茶っぽくなった。

飲んでみたら、まあそこそこ美味しい。

幸い農場だし、葉っぱも草もそこら中にあるもんだから、楽が勝ってずっとその方式を維持していた。

他にやることが多かったからねー。

しかし、そろそろ本格的にちゃんとしたお茶を作る時が来たのかもしれない。

そのためにはまず茶畑から拵えないとで、手間暇かかりそうだ。

コーヒー農園もな。

そこでまずはもう一方の嗜好品的飲み物の方に当たってみようと思う。

ジュースをさ。

本格的に作ってみようではないか。

いずれ成長するジュニアが、美味しく水分補給できるように。

異世界ジュース作りに挑戦します。

……あッ。

そういえばお茶の中でも麦茶は作れたな？

以前バッカスのところの巫女《みこ》さんが作ってくれたのに衝撃を受けて、そのまま忘れてた。

今年はたくさん作るとするか。

スムージー

俺ジュースを作ります。

まあ簡単かも知らんけどね。

ジュースの素材といえばやっぱりフルーツ。フルーツは山ダンジョンのダンジョン果樹園にいっぱい実っているから原料には困らない。

一から茶畑を興すよりは手軽であろう。

とはいえ我が農場、これまでまったくジュースを作ったことがないかというとそんなこともない。

果物絞るだけで割と簡単に作れるしな。

他にもフルーツジュースの当てはあったが、ぶどうジュースなどはワインと誤飲の恐れがあるため控えた。

リンゴジュースも白ワインと似ていなくもない向きがあるため大事をとって不採用。

結局オレンジジュースだけが宴席に上ったな。

そんな異世界オレンジジュースの作り方はとっても簡単。

オレンジを丸ごと用意します。

パワー自慢のオークに持たせて、握り潰します。

以上。

オークはやっぱり力自慢だなあ。皮ごとでも一瞬のうちにオレンジが潰れてしまうんだから。

彼ら夏みかんすら簡単に握り潰すからな。

まさにオークこそ最強のジュース製造者だな。

……しかしまあ、宴席でビールにワインにウイスキーに日本酒と、酒類は有り余る種類があるのに、ソフトドリンクはオレンジジュース一択というのも寂しい。

やはりジュース作りは急務である！

と自分に言い聞かせたところで進めていこう。

普通に絞る以外に、どんなフルーツジュースを追い求めていけばいいかというと、やはりミキサーになるのか。

テレビとかでよく見た、果物を放り込んで、スイッチ入れたら『ギュイイイイインッッ!!』と凄《すさ》まじい音と共に破砕してドロドロの液状にするヤツ。

ミキサー。

『自家製ジュースで毎日健康！』みたいな謳《うた》い文句《もんく》でよくCMやってたなあ。俺も見るたび心惹《ひ》かれたものだが、さすがにジュース作るためだけに家電一個買うのは気後れして手が出なかった。

手入れもなんか大変そうだし。

しかし今の俺は、やりたいこと大抵できる気ままな異世界暮らし。

ミキサーでジュースも作ってやるさ！

いや、剣と魔法の異世界でミキサー作れるの？　という意見が出そうだが、俺にもう隙はない。

そういう器具関係において強い味方ができたのだから。

今回もドワーフさんたちに依頼して、作ってもらったぜ。

異世界ミキサーを。

俺のつたない説明だけで、よく作ってくれるもんだ。

原料はお馴染《なじ》みマナメタル。

ポーエルたちエルフ班にも協力してもらってガラス部品も追加できたから、中身を確認しながら粉々ジュースにすることができる。

まったくいい世の中になったものだぜ！

というわけで、完成した器具を受け取ったのがまさに今日。

早速出来栄えをたしかめてみることにした。

＊　＊　＊

そのためにも山ダンジョンを登り、ダンジョン果樹園へとやってきた。

原料のフルーツが直接生ってるところでやった方がいいと思って。

「あれ？　ご主人様じゃないか、ここで会うとは奇遇だな？」

ダンジョン果樹園に入ったらヴィールに出くわした。

「……何故《なぜ》お前がいる？」

「何言ってんだ？　ここはおれのダンジョンだぞ？　おれがいて何が悪い？」

そういやそうだ。

ダンジョン果樹園がある山ダンジョンの主は、ここにいるヴィールであった。

もう随分長いこと俺んちに入り浸りな竜なので忘れかけておったわ。

「意外とマメに帰ってるんだな？」

「ダンジョンの改造を考えているのだ。アレキサンダー兄上んとこには及ばずとも、マリー姉上のダンジョンより多階層にしたいからな！」

どういうこと？

「それよりご主人様！　その手に持ってる変なのはなんだ!?」

俺が小脇に抱えていたミキサーに気づくヴィール。

いつもながら目敏《めざと》いヤツめ。

「わかるぞ！　ご主人様また新しくなんか美味《おい》しいものを作ろうとしてるんだな!?　このおれの鋭い直感が告げているのだ！　これはもう確信だー!!」

「わかったわかった……！」

まあ新しい料理を作る時、ヴィールとプラティにバレずに済ますのはほぼ不可能だから避けられない道か。

「じゃあ一緒に試してみるか？　フルーツジュース作りを？」

「おお！　フルーツってことは、ここにある果物どもで作るんだな!?」

「もちろんだ」

果樹園に備え付けてあったテーブルに、ミキサーをドンと置く。

異世界だから電気動力はない。

だから動かすなら人力だ。

ドワーフたちが工夫して、手動のハンドルを付けてくれた。

これを回すと歯車などで連動し、内部の刃も回る仕組みだ。

無論その刃というのは中に入れたものを切り刻んで粉々にし、それ以上に液状になるまでドロドロにするためのものだ。

恐ろしい。

まるで破壊の申し子のような器具から、フレッシュで健康的なフルーツジュースができるという矛盾。

それが料理の面白さ、か？

とにかく実際やってみよう。

「じゃあ具体的に何を入れてみるかな？」

まあ最初はシンプルにオレンジ一個でやってみるか。

やはりフルーツのジュースといえばオレンジだ。

皮は剝《む》かずに諸共《もろとも》入れる。

やれるかどうか、このミキサーの限界を試してみたい。

それでも一応切り分けて、四つぐらいの断片にしてから投入。

蓋を閉めて……。

で。

ハンドルを回す！

「ぬおおおおおおおおッッ!?」

これまた重労働。

しかし動作はしっかり伝わり。中のカッターが猛回転しているのが手応えでわかる。

「よっしゃー！　これで中の果実をズタボロに……、なってない？」

回転する刃が果肉を摑《つか》み切れずに空回りしている。

「水入れればいいんじゃないか？」

「なるほど」

ヴィールがミキサーに注水。

するといい具合にかみ合って内部のオレンジが猛回転した。

「おお、上手《うま》くいったぞ！」

「さすがはおれの判断力なのだ！」

ヴィールは最近自分自身も料理をするようになったせいか。

何を作るのか知ってすらいないのに直感で適切な対処をとったというのか？

恐るべしヴィール……。

そして頑張ってハンドルを回しているうちに、オレンジはどんどん原型をなくして液状になっていった。

「さすがマナメタル、オレンジの皮までしっかり切り刻んでいる……!?」

人力の回転力じゃさすがに難しいかと不安ではあったが、素材の勝利だな。

「そんなわけでできました。ミキサージュース第一号」

ドロドロの液状になったものをコップに注ぎ移す。

さすが皮ごと砕いただけあって実体感が濃いぜ。

「さあヴィール、飲むがいい」

「おお、これで完成なのか？　案外簡単だな……!?」

ヴィールは初めて見るはずの皮ごとオレンジジュースだが、元々オークの手絞りジュースもあったからそこまで新鮮味もない。

なので臆さず一気飲み。

「……苦いのだ」

「あれー？」

やっぱ皮ごと入れたらそうなるか。

果物の皮は苦いもんな。

だから食べる時は皮を剝くんだ。

「いや待てヴィール、ミキサーの真価はこれからだ！」

皮ごとかけても大丈夫ということがわかり、ミキサーの威力は証明された。

充分な信頼をもってミキサーを本格運用していこう。

「ミキサーの真価は、中に入れたもの何でもかんでも噛《か》み砕いてごちゃ混ぜにしてしまうこと。元はまったく別のものであっても……」

つまり、ミキサーにできてオークたちの手絞りにできないのは、異なる素材のミックス。

「これより異世界ミックスジュース作りに挑戦するぞ！」

「例えばオレンジだろう？」

「おう？」

「次にバナナを入れてみる」

「お！」

「さらにリンゴも入れて、そしてミキサーにかけてみよう！」

ズゴゴゴゴゴゴゴ!!

というけたたましい音を立て、内容物を粉々にしていくミキサー。

そしてドロドロに混ざったものを再びコップに注ぐ。

「さあ飲め！」

「今度は美味《うま》そうなのだ！　みかんもリンゴもバナナも大好きだぞ!!」

『今度は』言うな。

まあ、今回は皮全部取り去ったから苦味雑味はないと思うが……。

「いっただっきまーす！」

こうしてヴィール、異世界ミックスジュース試作第一号をきこしめす。

コップが真っ逆さまになるほど傾けて、一気飲みだった。

「ぶはぁー！　うめえ!!」

よかった『美味い』いただいた。

せっかくドワーフとエルフが協力して作ってくれたんだから成功してくれないと申し訳ない。

「なるほど！　ごちゃ混ぜにするのはこういう利点があったんだな！　みかんのジュースも美味いしリンゴのジュースも美味い！　それを両方混ぜたらもっと美味くなるなんて当たり前だ！」

「興奮しておるな、いいことだ」

あと、みかんじゃなくてオレンジだぞ。

細かいことだが大事だぞ。

「あとバナナもジュースにできるなんて新発見だな！　バナナなんて絞ってもどうにもなんねーだろーって思ってたんだが、粉々にして飲めるようにするなんて発想の勝利なのだ！」

「たしかに」

「ご主人様！　これってもしかして他にも色々混ぜれるんじゃないか!?　ぶどうも、ナシも、メロンも、全部ミキサーにかけてジュースにしてしまうのだ！　想像するだけでワクワクするぞ！」

ヴィールはすっかりミキサーの虜《とりこ》になってしまった。

しかしヴィール、ミキサーがミキシングできるのは果物だけと思ってるならまだまだ発想に制限がかかっているぞ？

「そのことを証明するためにも一旦山を下りようじゃないか」

「おお！　他の連中にもミキサーを見せびらかしてやるんだな！　ちょっと待て！　じゃあ材料の

果物をたくさん持っていくのだ！」

ダンジョン果樹園のその辺に生ってる果実を片っ端から集めるヴィール。

これより本格的なミキサーのお披露目会が始まる。

ダンジョン果樹園から農場へ帰還。

ドラゴン形態のヴィールに乗ってきたから移動は行きより楽だった。

「刮目《かつもく》するがいい！　そして恐れおののけ！　これこそご主人様の新たなる力、ミキサーなのだ！」

まるで自分の成果のように誇るヴィールはいつものことだった。

でも振る舞ってくれるのは助かる。

お陰で俺は新しい試みに集中できる。

手の空いた者たちが次々ミキサーへの好奇心で吸い寄せられていき……。

「美味《おい》しい！」

好評のミックスジュースだった。

「ただ絞った汁よりも喉越しがたしかですな！　丸ごと砕いたせいでしょうか!?」

「フルーツを何種類も混ぜ合わせたなんて美容にもよさそう！」

「聖者様！　これ私たちが拵《こしら》えたガラス部品使ってますよね!?　この上の部分そうですよね!?」

受け入れられたようでよかった。

「あら喉越しよくて美味しいじゃない？　ジュニアが乳離れした時の食事にもよさそう」

プラティからも高評価を貰《もら》い、ミキサーは着実に市民権を獲得していく。

「ぐはははは見たか！　このミキサーによってフルーツは新たな可能性の次元へと踏み出したのだ！　新世界の幕開けなのだー!!」

久々に調子に乗ってるヴィールだが、そんな時こそ落とし穴があると経験で知っているはず。

「フルーツだけがミキサーに入れるものじゃないということを教えてやろう！」

「な!?　ご主人様それは――――ッッ!?」

これを収穫するために農場に下りてきたのだ。

トマト。

真っ赤に熟した果実のヘタを取り、また適度に切り分けミキサーに入れる。

「その前に一回洗わないと……！」

前に使った分の残りをしっかり流して味が残らないようにしないと……。

改めてミキサーの中にトマトを放り込んで、塩を一振り……。

……してから回す！

「おおおおおおおッ!?」

トマトジュースだ！

真っ赤な液体がコップに満ちる。

「健康ジュースと言ったらこれだな」

「そんなことしていいのかご主人様!?　野菜も入れちゃっていいのか!?　ミキシングしていいのか!?」

「もちろんだとも」

ミキサーは器が大きいんだ。

野菜だろうと果物だろうとなんでも受け入れてしまう大らかさを持っている。

「キャベツやホウレン草のような葉物だって！」

「おお!?」

「根菜だって！」

「おおおッ!?」

「なんだってミキサーは美味しいジュースにしてくれるんだ!!」

そして出来上がる野菜ジュース。

果物も加えて甘みを足して、さあ飲み干せ。

「おおおおおッ!?　これは何と爽やかな！」

「体の節々に溜《た》まった疲れが吹き飛ぶようですぞ！」

野菜ジュースはオークゴブリンたちに好評だった。

彼らも畑仕事で毎日体を動かしてるからな。

毎日の食事とはまた別で速やかなビタミン補給源が必要だったのかもしれぬ。

「なんて凄《すご》いのだ……！　ミキサーは、ミキサーは万能なのか!?　世界のすべてがミキサーに飲み込まれるのだ!!」

いや、さすがにそこまではないが。

そんな大悪魔アバドンと一緒のような扱いを受けてもミキサーの方が困ろう。

「だったら……、もしや……!?」

ヴィール、ワナワナと震える。

「ラーメンだって、ミキサーにかけられるんじゃないか？」

「かけられません」

ラーメンはラーメンのまま食べた方が絶対美味しいよ。

「ならなら……ッ！」

さらに話に加わる意欲ある者。

レタスレートだった。

「豆は!?　煮詰めて柔らかくしてからならミキサーにかけても簡単に砕けると思うの！」

「まあ、そういう調理法はあると思うけど……!?」

ペーストってヤツ？

ただ豆で飲み物を作りたいと思うなら素直に豆乳にしとけ。

「では納豆ではどうでしょう？」

「やっぱり来た!?」

やっぱり来たなホルコスフォン!?

さすがに納豆はミックスジュースにはならないでしょう！

……ならないよな!?

百パーセント『ない』と言い切れないのが納豆の恐ろしさ。

「研究の価値はあると思いますぞ？」

「フルーツと一緒にミルクを入れてみてはどうでしょう？　味も豊かになると思いますわ」

他の農場住人たちも自然とより美味しいミックスジュース作りに議論をぶつけ合う。

そのうちに俺の手を離れたところで、新たなる異世界ミックスジュースが誕生するのかもしれない。

あと最後にもう一つ……。

「ヴィール、もう一杯味見してみてくれ」

「お、なんだ？　美味しければ何でも来いだぞ」

快い返事のヴィールに差し出す液体は……。

「おお!?　これはまた見たことのない感じだな！　めっちゃ緑だぞ!?」

「ふふふ、飲んでみたまえ」

ヴィールは疑いもなしに、この青々とした汁を躊躇《ちゅうちょ》なく一気に飲み干す。

そして……。

「まっっっずッ!?」

思った通りのリアクションが貰えた。

「なんだこれ!?　不味《まず》い！　と言うか苦い！　青臭いぞ！　なんなんだこれは!?　ご主人様が作ってくれたものでこんなに不味いのは初めてだ！」

そうであろう、そのように作ったのだからな。

ミキサーで色々粉砕している間に『作れるんじゃないか？』と思ったんだ。

青汁。

あのマズくて健康にいいで有名な。

作れるもんならと試しに作ってみた。とはいえ材料は知らないので青菜系を片っ端から混ぜ込んでみた『なんちゃって青汁』ではあるが。

「うう……、ご主人様に騙《だま》されたのだ。不味い、不味いよう……！」

ヴィールは、ぶつぶつ恨み言を言いつつも自家製青汁をチビチビ啜《すす》って……。

「やっと飲み切ったのだ。不味かった。……もう一杯なのだ」

「しっかりテンプレ守ってるじゃないか」

青汁へのリアクションは異世界でも共通らしい。

おれはガイザードラゴンのアードヘッグだ。

聖者殿の結婚式にも参加したぞ。

アロワナ殿の挙式と間もあけずに連続という印象だったがな。

『はあ……、花嫁衣装いい……！』

そしてまたマリー姉上が物思いに耽《ふけ》っている。

アロワナ殿の時もそうだったが、何故《なぜ》か姉上は結婚式の直後に沈んでしまう。

『ニンゲンどもは……！　なんで連続で結婚式するのよ!?　こんな立て続けに見せられたら気持ちも高まるに決まってるじゃない！』

とブツブツ呟《つぶや》かれている。

どういう意味かわからんけど。

『お姉さま元気出して。それにあの二つの結婚式は全く別件で、連続で執り行われたのは単なる偶然ですから、お姉さまのは言いがかりですわ』

『聖者は、人魚のヤツに触発されて結婚式言い出したらしいからまったくの偶然でもないがな』

シードゥルと父上もいつも通りだ。

『姉上！　そういつまでも気落ちなさいますな！　毎日元気に励んでいればいつか幸せに辿《たど》りつけ

ますぞ！』

『私の幸せはすぐ目の前にある気がするんだけど……！』

そうですな！

なんでもない毎日が小さな幸せだったりしますよな！

『ああッ、もういいわよ頑張ればいいんでしょう頑張れば！　今日もニンゲンの冒険者どもを蹴散らして幸せの礎にしてやるー！』

今日も我々はアレキサンダー兄上のダンジョンで、侵入する冒険者を追い回しては吹き飛ばす作業にかかるとしよう。

なんでそんなことする運びになったんだっけ？

もう思い出せない。

『いや、それはもうやらないぞ』

『え？』

父上から急に止められた。

何故？

『あれは「ドラゴン強化月間」と銘打って始まったイベントだったろ。もう一月経《た》ったからな。無事終了だ』

『えッ、もう？』

始まったのはつい昨日のように思ったのに。

時が過ぎるのは早い。

『我らドラゴンの感覚で計るとニンゲンの暦ではどうしてもな、一日二日も一年二年もそう変わらん。アイツらは何でそんな細かいことを律義に区切りたいのか』

『父上様、もうちょっと続けられませんの？　わたくしもやっとコツをつかみ始めたところなんですのに！』

名残惜しいのかシードゥルが延長を願い出る。

しかし……。

『ダメだ。既に冒険者ギルドから「延長せぬように」という嘆願書が出されててな。ニンゲン贔屓《びいき》のアレキサンダーなら聞き入れるだろう』

『じゃあここでの楽しい日々も終わりなんですのね。せっかくニンゲンさんたちと仲よくなれたのに残念ですわー』

シードゥルがそこまで満喫していたとは。

数ある竜の中でも一段とよくわからないヤツだが、やっぱりよくわからん。

『ちなみにヴィールの屋台は続けてくれるように別の嘆願書が捧《ささ》げられたらしい』

『どうでもいいわ。じゃあどうするのアードヘッグ。未完成の龍帝城へ帰るの？』

マリー姉上に聞かれ、おれは答える。

『そうはいきません、当初の目的を果たすためにも、おれはまだまだ帰れません』

『目的ってなんでしたっけ？』

皆忘れていた。

仕方ないから改めて述べよう。

新たにガイザードラゴンに就任したこのおれアードヘッグ。

しかしまだ若輩者ゆえいたらぬところばかり。

特に歴代ガイザードラゴンが居城とするダンジョン龍帝城の作製もままならない。

『龍帝城を築く参考とするために、アレキサンダー兄上のダンジョンを見学に来たのがそもそもの発端ではなかったですか？』

『ああ、そうだったわね。……そうだったわ』

何故だろう？

マリー姉上の放つ気配が怖い。

『じゃあどうするの？　まだアレキサンダーのところに居座り続けるの？』

『いえ、あまり一ヶ所に留《とど》まり続けても多くは得られないでしょう』

アレキサンダー兄上のダンジョンは古今無双の最優良ダンジョン。

それをこのおれごときが簡単に真似《まね》できまい。

だからできるだけ多くの参考をもって、イメージの肥やしにしなければ！

『というわけでアレキサンダー兄上の下を辞去し、新たに別のダンジョンを見学しに行こうと思います』

『ふーん、今度はどこへ行くの、ヴィールのとこ？』

なんだか投遣《なげや》り気味のマリー姉上。

『いいえ、アレキサンダー兄上のダンジョンを見学し終えたなら、順番から言って次は第二位の強豪ドラゴンの下へ』

かつてのガイザードラゴン後継争いにおいて、権利を放棄したアレキサンダー兄上に代わり最有力候補と謳《うた》われた女帝竜。

『マリー姉上、アナタのダンジョンを拝見させていただきたい』

『えッ!?』

＊　＊　＊

こうして我々は、アレキサンダー兄上に別れの挨拶を告げてのち去った。

次に向かうはマリー姉上のダンジョンだ。

『ン～フフフ～♪　ラララ～♪』

『マリー姉上が上機嫌だ!?』

アレキサンダー兄上の下を離れるまではあんなに不機嫌だったのに。

そんなに兄上が嫌いだったということか。

皆ドラゴン本来の姿で空を駆け、マリー姉上が主を務めるダンジョンへと向かう。

アレキサンダー兄上のダンジョン『聖なる白乙女の山』は人間国に。

対するマリー姉上のダンジョンは魔国にある。

けっこう距離が隔たっているのでドラゴンの飛翔《ひしょう》能力をもってしてもそれなりに時間がかかる。

強弱様々でもドラゴンが四体も揃《そろ》って飛んでたらニンゲンたちがパニックに陥るので、あえて人里から離れたコースを飛ぶため回り道。

『うふふ！　やっと見るべきものがわかってきたようね現皇帝竜！　早く私のダンジョンに行きましょう！　真の王者の城構えを見せてあげるわ！』

『勉強させてもらいます！』

姉上の声が弾んでるなあ。

よほど機嫌がいいようだが、もう少し飛ぶスピードを落としませんか？

父上とシードゥルがついてこれなくなっています。

『くっそ……！　力を失ったおれに無茶させやがって……！』

先代ガイザードラゴンの父上もおれに負けて最弱ドラゴンになってしまったからな。

マリー姉上のトップスピードにとても追いつけない。

『仕方ないわねえ、じゃあ時間を活用するために今のうちに予習をしておきましょう』

『アードヘッグよ、お前の体につかまらせて？』

答える前からおれの肩にしがみつく父上。

『私が主をするダンジョンは、名を「黒寡婦連山」。世界一美しく壮麗なダンジョンですわ』

空中を駆けながら講釈を述べる姉上。

『ダンジョンのタイプは山。アレキサンダーには僅かに、ほんの僅かに劣るけれども、それに迫る最大規模ダンジョンなのよ。ニンゲンどもの引いた境界に依《よ》るのは癪《しゃく》だけど、魔国で一、二を争う巨大さだわ』

国境で区切らなかったらアレキサンダー兄上の『聖なる白乙女の山』と競り合うことになっちゃうからな。

兄上のダンジョンは人間国側。

『なんで一、二を争うんですの？』

『えッ!?』

マリー姉上が得意げに語っていたところへ唐突にぶち込んでくるシードゥル。

『マリー姉さまの性格なら明確に「一番」って言い切るのに。魔国内と区切った上でなんでそんな曖昧な言い方なんですの？』

『そりゃあ、明確に言ったら二番になってしまうからさ』

疑問を引き受けたのは父上だった。

意地悪そうにクツクツ笑う。

『ニンゲンどもの言う魔国内で最大規模の山タイプは不死山と呼ばれるダンジョンだ。あそこは老師とか名乗るノーライフキングがいてな。大抵穴倉にこもりたがる死人どもの中で珍しく山ダンジョンに巣食う変わり者だ』

マリー姉上の山ダンジョンはそれに次ぐ第二位……？

『マリーのヤツ、最初は不死山を自分のものにしたがった。そこで元から住んでる老師を追い出そうと挑んだんだが、逆にコテンパンにやられて追い返されてしまったのさ』

『父上！　余計なことを言わないで！』

色をなすマリー姉上。

『コテンパンになんかされてません！　あれは、優雅に戦えそうにないんでこっちから打ち切ってやったんですわ!!』

『はいはい』

『それにいざ住処《すみか》にしてみたら「黒寡婦連山」の方が遥《はる》かに綺麗《きれい》で住み心地がいいとわかったの。だから後悔していません！　いいことアードヘッグ！』

おれに振られてきた。

『ダンジョンの価値は規模じゃないのよ！　構造の美しさ、住みやすさこそに価値があるの！　その点私の「黒寡婦連山」は他のどのダンジョンにも負けないわ！　その点をよく見学するのね！』

『わかりました！』

マリー姉上自慢のダンジョンへ向かうおれたち。

しかしその先に争いが待っているとは思いもよらないのだった。

新米皇帝発展記その十一　黒の趣味

引き続きガイザードラゴンのアードヘッグだ。

到着した。

マリー姉上が支配するダンジョン『黒寡婦連山』に。

『ほー、これはまた壮麗な』

まずは上空から全体を俯瞰《ふかん》する。

山タイプである姉上のダンジョンは、いくつかの山が連なりながら雄大な風景を形作っていた。

『連山』と名がつくだけあって複数の峰で形成されているようだ。

それだけでそんじょそこらの山ダンジョンとは一線を画した壮大さであるが、それに加えて圧倒されるのが、山全体が漆黒で覆われているということだった。

まさに『黒寡婦』。

あの黒は一体どんな仕組みで山を覆っているのだろう?

最初は濃い色の葉を茂らせる木が並び立っているのかと思ったが、違うようだ。

黒に僅かな艶がある。

どんなに色を濃くしようと植物からあんな艶《なま》めく黒が発せられるとは思えない。

より近づいてみてわかった。

『あれは水晶……!?』

大きな黒水晶が山肌から無数に生え伸びていた。

それこそ木々が生い茂るように。

これは一体。

『驚いた？　これこそ私の魔力で起こしている現象よ』

マリー姉上が誇らしげに言う。

『最強ドラゴンの住処《すみか》ですもの。それに見合った壮麗な造りにしなければ。私の竜魔力を養分にして生い茂る水晶樹は、特別な品種改良を行ってすべて黒水晶のみになるよう調整しているのよ？おかげでどう？　山全体を覆う黒一色は見事でしょう?』

竜の魔力を養分にして樹のように生え伸びる水晶か。

降下し、着陸してみるとますます幻想的な風景だった。

『私のもっとも好きな色が黒なのよ。黒は高貴なる色。強者の威厳を表し、貴種の高尚さも表す。漆黒に包まれし貴婦人の竜、それがこの私グラウグリンツェルドラゴンのブラッディマリーなのよ』

『姉上が黒好きなのは知っていましたが……』

ここまで徹底しているとは。

お家総黒一色ではないですか。

『何事にも限度があると思いますわー』

『どっちを向いても黒ばっかりで気が滅入《めい》るわ。ニンゲンどもの葬式かッ』

シードゥルや父上もあとに続きながら好き勝手な感想を呟《つぶや》いていた。

総黒の是非は置いておくとして、そんなことを実現できるマリー姉上の魔力には感服するしかない。

これだけ広範囲に、黒水晶を生い茂らせるにはどれほど大量の竜魔力が必要となるのだろう。

そもそも水晶が生い茂るなどというのは言うまでもなく自然の理《ことわり》に逆らった魔力現象。

それを数えきれないほどの規模、生い茂らせてなおかつ維持しているというのは、たとえドラゴンでも並の者には実現不可能だ。

かつて皇帝竜の後継を決める、その争いのトップに立っていたマリー姉上だけのことはあった。

『この水晶一本だけ折って持って帰ってもバレませんわよね？』

『甘いなシードゥル。おれは最低十本はガメて帰るぞ』

シードゥルと父上がしょうもないことを話し合っている。

『外縁に立った程度で驚かれては張り合いがないわ。今度は中を案内しましょう。ダンジョンは内部こそが本体なのですから』

おれたちをダンジョン内へいざなうマリー姉上。

なんかさっきからずっと機嫌がいい。

アレキサンダー兄上のダンジョンにいた頃は終始イライラした感じだったのだが、何か変わったのだろうか？

やっぱりマリー姉上は、究極最強ドラゴンであるアレキサンダー兄上を快く思ってないのかな？

『ささ、ここから内部よ！　人間形態に変身しましょうね！』

へ？

そういうルールが？

『ここでは靴を脱ぎましょう』とばかりに変身を要請されるおれたち。

断る理由もないので素直に従おう。

「ダンジョン内を人間サイズに合わせているのよ。色々試してみた結果、それが一番景観がいいの。どう？　地上から見る黒水晶の樹海も幻想的でしょう？」

「た、たしかに……!?」

ところでシードゥルと父上がところかまわず水晶樹を叩《たた》き折ってガメようとしておりますが、取り締まらなくていいんですか？

「水晶樹なんて私の魔力に反応して次々生えてくるもの。多少抜き取られたところで気に掛ける価値もないわ」

「そ、そうですか……!?」

「実際、麓のニンゲンどもが黒水晶をとりに山に入ったりするのだけど気にせず放置するのよ？　剪定《せんてい》って言うんですって？　木々は茂るがままに任せるよりも、多少間引いて形を整えた方が美しく見えるそうね？」

そういやそうですね。

農場でも聖者殿が庭の木を細かく切り刻んでいましたし。

「その剪定をニンゲンどもが勝手にしてくれるんだから、私としては見逃してあげてもいいわ。絶大なる強者は、矮小《わいしょう》なる羽虫などいちいち気に掛けないものですからね」

傲慢ともとれるセリフだが、マリー姉上であるからこそ言えるセリフでもあった。

アレキサンダー兄上やヴィール姉上に押されていまいち印象薄いが、彼女も間違いなく最強クラスの一竜なのだから。

「えー、そうなの？　じゃあもっとたくさん持って帰ろうぜー！」

「わたくし一万本は伐採しますわー！」

そして父上とシードゥルがさらにはしゃいでいた。

「ぐおらー!!　誰がそこまでやっていいって言ったーッ!?」

そしてさすがにマリー姉上がブチ切れた。

何事にも限度がある。

そして幻想的なる黒水晶の森を進んだ先……。

「さあ、着いたわ。ここが我がダンジョン『黒寡婦連山』の最深部……」

そこには宮殿があった。

見上げるほどに大きく、壮麗な造りの建物。

この宮殿もまた黒水晶を材質にしているらしく、壁に屋根に柱一本一本に至るまですべて、漆黒に輝いていた。

「名付けて『玄竜宮』！　私が普段過ごしている寝所でもあるわ！　数多くいるドラゴンの中でもここまで美麗な宮殿を建てているのは私だけでしょうね！」

自慢するだけあって、豪華という点だけならマリー姉上の宮殿は、どんなニンゲンたちの作り上げた建築物をも超えているのは違いない。

聖者殿のお家も豪華さよりは住み心地のよさ重視だしなあ。

……黒水晶の宮殿って住み心地どうなのかなあ？

「……姉上、おれはこの宮殿から龍帝城作りの重大なヒントを得た気がします」

「そうでしょうそうでしょう！　アナタも私を見習って精々豪華な宮殿を建てることね！」

住居に一番重要なのは快適さだということを。

「ではサクサク次に行きましょう！　宮殿内を案内してあげるわ！　私の内装のセンスも勉強なさい！」

「学ばせていただきます」

そうしてさらに宮殿内へ。

一歩踏み込んだ途端、すぐさま気づく。

「姉上？　この気配は……!?」

「さすがに気づいたわね。その程度の勘のよさがなくてはガイザードラゴン失格よ？」

この宮殿……。

中にドラゴンがいるな？

……いや『お前もドラゴンだろう?』とか言われたらたしかにその通りなんだが。

違うんだ。

たった今宮殿に足を踏み入れたばかりのおれ、マリー姉上、シードゥルに父上。

それ以外にもドラゴンの息づく反応がある。

しかも複数。

間違いなくこの奥に、少なくとも十体以上はいる。

「すべてのドラゴンが、アナタのように勇猛果敢であるわけじゃないのよ。アイツらは取るに足らない弱者だけど、数を束ねて引き連れれば私の強さを表すアクセサリー代わりになる。だから置いておいてあげているのよ」

マリー姉上の宮殿に住んでいる他ドラゴンは、姉上の取り巻き竜たちだ。

かつて皇帝竜の後継を決める争いに参加しながら、その勝者候補であるマリー姉上に追随して安全を保とうとしていた者たち。

前にも見たことがあったので、比較的戸惑いはなかった。

おれのガイザードラゴン就任式の時、マリー姉上と一緒に押しかけてきた集団と同じ竜たちだよな?

そういうのを知識豊富な聖者殿は『虎の威を借る狐《きつね》』『コバンザメ』などと評していたが、最強種族たるはずのドラゴンが、同じドラゴンの威を借りてどうするというのか。

宮殿の奥に行って、実際に取り巻きドラゴンたちと顔を合わせる。

屋内であるせいか彼らも姿をニンゲンに変えて、無言のままおれに注目していた。

「何をボケッと突っ立っているの!?　非礼よ！」

それを本来ここの主であるマリー姉上が叱り飛ばした。

「この御方《おかた》こそ新たなるガイザードラゴン、アードヘッグ！　竜の皇帝！　跪《ひざまず》いて忠誠を誓いなさい！　私たちの新たなる支配者に！」

マリー姉上が率先していた。

意外な。おれがガイザードラゴンであることにもっとも不満を持っているのは、彼女だと思っていたんだが。

本当は認めてくれていたんだと思って涙が出る。

それに対し、彼女に取り入っていた竜たちは……。

「……断る」

「なんですって?」

「マリー様、いやブラッディマリー。そんなニセ皇帝竜に屈したお前などもはや媚《こび》を売る価値もない。このダンジョンも我々のものだ。敗者は尻尾を巻いて立ち去るがいい」

なんか雲行きが怪しくなってきた。

最強竜の一角であるブラッディマリー。

そのマリー姉上に取り入り、安全を確保していた取り巻き竜たちが、ここにきて反乱を!?

「……手違いが起きたようね」

マリー姉上、言う。

「アナタたちが存在するという手違いが。それを正すため今すぐ全員消滅させてやろうかしら？」

姉上怒ってるうううッ!?

そりゃそうか、忠実な下僕というべき取り巻き竜たちから反抗を受けて、群れのリーダーとしても、また一個のドラゴンとしてもこれを放置しては沽券《こけん》にかかわる。

姉上はみずからのプライドを守るために、今まで自分に取り入ってきた舎弟竜たちを皆殺しにしなければなるまい。

ただ……。

「お待ちくださいマリー姉上」

「止めないで！　これは私の支配するダンジョンの中での問題よ！　私はダンジョン主として反逆者を処刑する義務があるわ！」

処刑。

……という言葉がマリー姉上の口から出た途端、取り巻き竜たちから怯《おび》えの気配が上がった。

……それでますます確信ができた。

「どうやら全員が全員、姉上に反抗心を持っているわけではないようです」

「え？」

「彼らを扇動……、いや服従させて反乱に加わらせているヤツがいるな？……お前か？」

探してみればすぐさま見つかった。

宮殿内の一番奥、何やら玉座的な椅子に座っているから、今まで気づかないのが不思議なくらいだった。

「お前は……アギベンド!?」

マリー姉上が名前をご存じなだけに、やはり取り巻き竜の一人なのだろう。

人化して中年男性の姿をしているが、細身なうえに豪奢《ごうしゃ》な服装で貴族的な趣であった。

「お前、脳ミソが泥水にでもなったのかしら？　そうでないとその椅子に座ることなどできないでしょう？」

マリー姉上が今にも破壊の権化と化しそう!?

「その椅子は私の席。このダンジョンでもっとも強く聡明《そうめい》なるものが座るべきよ。アナタごとき雑魚が触れることすら許されないわ！」

「ならばアナタなら許されると？　戯言《たわごと》ですな」

アギベンドとか呼ばれた竜がうすら笑いを浮かべる。

「かつての狂猛なるアナタなら資格があったでしょう。しかし今は違う。もはやアナタは最強でもなければ女王でもない。みすぼらしい敗北者でしかない」

「なんですって!?」

……マリー姉上のお宅を見学しに来たのに、意外な展開になってきた。

多数の取り巻きを率いていたマリー姉上が、その取り巻きから裏切りを食らっている?

彼女が治めるダンジョン内のことだから、おれは部外者として口出しは控えるべきだろうか?

父上から助言を求めようとしたが、その父上ときたら面倒ごとだと即座に察知してシードゥル共々宮殿の外へ逃げ去っていた。

あの二人最近仲よくない?

「アナタは……、いやマリーお前は、もはや我々の敬意に値する最強竜ではない。他の竜から無様に敗北を喫し、地に墜《お》ちた堕竜だ」

「なるほど、私がヴィールに敗北した時、お前たちはそれを間近で見ていたものねえ。そして恐れをなして逃げ去った」

マリー姉上の見事な皮肉返しが炸裂《さくれつ》!

やっぱりコイツら、マリー姉上が農場へ押しかけてきた時一緒にいた竜群と同じヤツらか。

「敗北した私に愛想が尽きたというなら別にいいわ。今度はヴィールのところにでも行って尻尾を振る?　竜ならぬ犬のようにね?」

「そのようなことはせぬ。我々は……、いやこのおれグリンツドラゴンのアギベンドはこれより独立独歩の道を歩む」

そう言って玉座より立ち上がるアギなんとかさん。

「ブラッディマリー、お前よりこのダンジョンを奪い取り、このおれがダンジョン主となる。そしてここから、おれの覇業が始まるのだ！」

「それで私の留守中、他の下僕どもを飼い慣らし、私の帰還を待っていたというの？　全員でかかれば私を倒せると思った？」

「黙れ！　敗北したお前など襲るるに足らん！　いやそれどころか、そのような幸運だけでガイザードラゴンとなった卑怯者《ひきょうもの》に寄り添い、媚《こ》びるだけのお前に何ができよう！　お前は強者の誇りも失った！　そんな惰弱に我らが叶《かな》わぬ道理がない」

「遥《はる》か以前から私に媚びへつらっていたヤツのセリフじゃないわね」

マリー姉上の肌から怒りの竜気が立ち昇る……？

「それ以上に、お前は今言ってはならないことを言ったわね？　アードヘッグのことを卑怯者？　それどころか幸運だけでガイザードラゴンになっただなんて。私への侮辱は許さないけど、それ以上に彼への侮辱は一線を越えたわ。楽には死なせないわよ……！」

「ひぃいいいい……ッ!?」

無理やり反乱に加担させられたのだろうか、アギベンド以外の取り巻き竜たちがマリー姉上の怒気に怯《ひる》む。

「本当にお前たちは救いがたい低能ね。私が敗北したからと言って、お前たちが強くなったわけではないでしょう？　私がお前たちより弱くなる道理もない。それなのに何故《なぜ》私に勝てると踏んだのかしら？　このグラウグリンツェルドラゴンであるブラッディマリーを……」

この分だと本当にマリー姉上、ここにいる取り巻き竜たちを一体残らず殲滅《せんめつ》するなあ……。

仕方ないのでおれが声をかけた。

「お待ちください姉上」

「ダメよ、反逆者の粛清は長《おさ》の役目。飼い主の手を噛《か》んだコイツらに生き延びる謂《いわ》れはないわ」

「おれにやらせてくれませんか？」

「はい？」

別に粛清をやめろとは言わない。

「どうやら彼らが姉上を侮るのは、このおれを侮ることと繋《つな》がりがあるようです」

本来、先代から言い渡される幾多の試練を乗り越えて次のガイザードラゴンが決定される。

しかしおれはルールを無視して直接父上を倒し、新たなガイザードラゴンになってしまった。

彼らはそれが気に入らない。

一応、真面目に試練を受けようとしていた輩《やから》たちだからな。

おれのことを卑怯者呼ばわりしたい気持ちもわからんではない。

「しかしおれもガイザードラゴンとなった以上、同族からの侮辱の言葉を聞き流すわけにはいきません。聞き流してしまえば皇帝としての威厳が損なわれますから」

「アードヘッグ……!?」

「このおれの力を存分に見せつけてやれば、姉上への軽視も自然改まりましょう。姉上はおれの大事な方なのですから」

「…………ッ！？！？！？」

マリー姉上、少しの間表情が目まぐるしく変わってから……。

「そ、そうね！　私とアナタは今や一心同体！　誰もがアナタを恐れるなら、私のことも誰もが恐れるようになるでしょう！」

「然《しか》り」

「ニンゲンたちも『妻は夫を立てるもの』と言っていたしね！　こないだの結婚式で言ってたわ！私もそれに倣って、弱者どもを一掃する権利を譲ってあげるわ！」

「？」

こうして無事、処刑権を譲渡されたおれは、同族たちに向き合う。

おれを前に、明らかにホッとした空気が伝わってきた。

「マリー姉上より、おれの方が弱いと思っているのか。ならホッとするのもわかるが……」

「面白い」

そう言って前に出てきたのは、あのアギベンドとかいう雄竜だった。

ここまでの流れや口ぶりから言って、コイツが反乱の首謀者であることは疑いない。

「お前たちは下がっていろ。このニセ皇帝はおれ一人で屠《ほふ》ってくれよう」

「お前一人で、か……？」

あわよくばおれを倒すことで次のガイザードラゴンになれるとでも思ってるのか。そう狙ってるのなら反乱仲間たちはむしろ邪魔だ。

「愚か者め……！　ブラッディマリーの陰に隠れて震えていればいいものを、わざわざ殺されるために前に出てくるとはな……！」

「殺せるとでもいうのか？　お前がこのおれを？」

「当然だ！　お前などまぐれと幸運でガイザードラゴンになれたにすぎん！　そのような偶発など認めん！　いい機会だ、このアギベンド様が直接お前を叩《たた》きのめし化けの皮を剝いでくれよう！」

いいだろう。

おれだって実のところマリー姉上を侮辱されて穏やかな気分ではない。

「お前が勝てば、ガイザードラゴンの称号でもなんでも好きに持っていくがいい。その代わりおれが勝てば逆らうことは二度と許さん。マリー姉上にはもちろん、このおれにもな」

「好きなだけほざくがいい！　どっちにしろ勝つのはこのおれだ！……くく、おれにも運が向いてきたぞ。竜の王者、皇帝ガイザードラゴンに、こんなにも簡単になれるチャンスが巡ってくるとはな！」

おれにはラッキー卑劣だと散々なじっておきながら、自分に降りかかる幸運はいいのか？

「……しかし、ここでは決戦の舞台としていささか窮屈だな。来い、お前を血祭りにあげる舞台へ案内してやろう」

戦いは、どうやら別の場所で行われるようだ。
しかし、マリー姉上のお宅を見学するのが目的だったというのに。
どんどん話が物騒な方向に流れていってるな？

反乱した竜アギベンドとやらに連れられて、おれたちが来た先は……。

山の頂上だった。

マリー姉上が本来支配するダンジョン『黒寡婦連山』に連なるいくつかの山のうちの一つらしい。

「見晴らしのいいこの場所を決闘場に設《しつら》えたんだけど。下僕が勝手に使っているとはねえ……」

同行するマリー姉上が呆《あき》れたように言った。

『ブハハハハハハ！　さあ上がってくるがいい！　お前の死に場所へ、このグリンツドラゴンのアギベンド様が、ニセ皇帝に相応《ふさわ》しい最期を与えて進ぜよう！』

アギベンドはもう竜の姿に戻っておれのことを待ち受けていた。

仕方ないのでおれもまた竜の姿になり、竜の翼で一度飛翔《ひしょう》してから決闘場へと舞い降りる。

『……うむ、いい決闘場だな』

広くて大きい。これなら多少暴れても無用の被害を出すこともあるまい。

決闘場として使用されているだけに、結界で周囲から遮断されてもいるようだ。魔力の源はマリー姉上か。

これで益々《ますます》被害を気にしなくていいな。

『……ん？』

戦いを始める前に、一つ奇妙なものが目に留まった。

決闘場の上部、見上げるほど高い部分に台座があり、そこに何かがいた。

『……ヒトか？』

ニンゲンが一人ならず、何十人も台座の上にいる。

魔法か何かで逃げられぬよう固定されているらしい。

ここはヒトで言うところの魔国の範囲に入るそうだから……魔族か？

『何故《なぜ》こんなところにニンゲンが!?』

『くかかか気づいたか？　そうやってすぐ気づくところを見ると、お前も中々の美食家のようだな？』

美食？

まさか……!?

『このダンジョンの周囲には、いくつかニンゲンどもの村落がある。種族で言うと魔族か。そこを脅しつけて生贄《いけにえ》を出させたのだ。おれはニンゲンが大好きでなあ！　特に若い雌の柔らかい肉が最高だ！　そんなご馳走《ちそう》を毎日のように食らいたいとかねてから思っていた！』

『アギベンド！』

マリー姉上が憤怒の叫びをあげる。

『お前ニンゲンから生贄をとったの!?　私の支配域で、そんな下品なマネを！』

『ここを支配しているのはもうおれだ！　支配者がどう振る舞おうと勝手！　この地を長く空けて

いたお前に言われる筋合いはない！』

『く……ッ!?』

マリー姉上は、ガイザードラゴンになりたてのおれを支援するため、長く一緒にいてくれた。

それこそ、自分の本拠である『黒寡婦連山』を留守にして。

その空隙があのような下衆《げす》を台頭させることに繋《つな》がったのなら、責任はこのおれにもある。

『……一つ質問したい』

『なんだ？』

『お前はマリー姉上の留守を狙ってニンゲンから生贄をとったのだな？　どれだけの犠牲者を出した？』

『フン、残念ながらまだ一人も食らっておらぬわ。生贄を集め、さあこれから晩餐《ばんさん》を開こうとしていた矢先にお前たちがやってきたのでな』

そうか。

では取り返しのつかない事態は避けられたのだな。

よかった……。

『しかし、却《かえ》っていいタイミングだな！　お前を殺しおれこそが真のガイザードラゴンとなって、その祝いのご馳走としてあのニンゲンどもを食らってやる！　さぞかし美味であろうよ!!』

ならばなおさらお前ごときに負けてやることなどできなくなったな。

おれが負ければ生贄として連れてこられた人間たちが犠牲に……。

『それは絶対に阻止する‼』

『ほざけ！　お前はおれに殺される未来しかないのだ！　食らえ「爆炎のブレス」‼』

アギベンドの大口から放たれる巨炎。

あれは単なる『炎のブレス』を上回る高位攻撃『爆炎のブレス』だな。

岩をも溶かす紅蓮《ぐれん》の炎息がおれを飲み込む。

『ハーッハッハッハ！　まともに食らいおった！　たとえドラゴンといえど、同族の爆炎ブレスを受けて生きてはおれん！　竜の丸焼きになるがいいわ！』

『おめでたいな』

『えッ⁉』

爆炎を吹き飛ばし、おれは無事なることをアピール。

ニンゲンたちのいる台座方面に被害を広げぬよう結局気遣いながらの戦いになってしまった。

『バカな……⁉　おれの爆炎ブレスを受けて死なないどころか、傷一つない？』

『お前はガイザードラゴンを舐《な》めすぎだ』

父上から受け継いだ『龍玉』によって格段にパワーアップしているおれなのだ。

防御力も飛躍している。

まあ、もともと自分のものでもない力で勝ち誇るのも、なんかカッコ悪いから黙っておこう。

『そっちの攻撃は終わりか？　ならば次はこちらの番だ、食らえ「灰色のブレス」‼』

我が竜口から吐き出されるのは無数の火山灰。

それが暴風の勢いで吹き付けられ、アギベンドの竜身に降りかかる。

『はッ!? はははは!? なんだこれは? 灰? こんなものを振りかけて攻撃のつもりなのか? なんと愚かしい!?』

アギベントが全身に火山灰を浴びながら勝ち誇っていた。

しかしその得意ぶりがいつまで続くかな。

「典型的な三流ドラゴンだなアギベンドは」

「あらお父様?」

「ドラゴンは強い。強いからこそ圧倒的なパワーに胡坐《あぐら》をかいてさらなる鍛錬を怠る。勉強不足もその一端だ」

面倒ごとから逃げてた父上が、いつの間にか観戦中のマリー姉上の隣に立って。

「火山灰をな、木草を燃やした灰と一緒にしていたら痛い目に遭うぞ。っていうかおれも実際遭った。おれもアードヘッグと戦ったしな」

「どういうことですのお父様?」

「ニンゲンどもの知識で言うには、火山灰とはマグマが冷えて固まった微細な岩片だ。マグマが冷えれば岩になる。そのマグマが小さな雫《しずく》となったまま冷やされれば、それこそ小石よりも小さな小さな粒となって固まる。灰の一粒のぐらいに」

そうして小さく凝固した粒状の岩石が、火山灰だ。

「その性質はただの灰よりずっと凶悪だ。粒状でも岩だからな。ひ弱な人間どもが吸い込めば喉を傷つけ肺を傷つけ、眼球の表面をズタズタに斬り裂く。アードヘッグの『灰色のブレス』はそんな火山灰を何万……いや何億と一度に吐き出しているんだ」

粒状だからどんな微細な隙間にも入り込んでデリケートな部分を引っかく。

しかもドラゴンの魔力が宿っているからなおさら鋭く。

敵をミクロ単位で斬り裂く。

『ぐおおおおおッ!? 痛い!? なんだ鱗《うろこ》の隙間がヒリヒリする!? 痛い!? 喉が苦しい!? 呼吸できん!?』

微細な火山灰が、少しずつアギベンドを蝕《むしば》みだしている。

柔らかく、繊細な部分から。

『では次の段階に移ろう。アギベンド、お前にはもっと過酷な処罰が必要だ』

聖者殿、アレキサンダー兄上。

二人の絶対者の下を渡り歩いて編み出した新必殺技を披露する時が来た。

『はッ!』

おれは口をすぼめながらブレスを吐く。

すると出口が小さくなっている分、より収束し、一方向へ整った火山灰の流れができる。

放射状に広がるブレスが、一線を描くように集約される。

『これは？ これはあああッ!?』

集約された流れで、火山灰は益々大量に、高圧力で噴出される。

するとどうなるか？

高圧噴出火山灰の一線を、まるで剣を振り下ろすようにアギベンドめがけて当てる。

『おおおおおッ!?』

火山灰の恐ろしさがもう身に染みているだろうアギベンドは竜魔法を発動。強力な耐物結界を張ってブレスを防ごうとするが……。

『バカなッ!?　結界が破られる!?　地上最高の竜魔法が!?』

「当たり前だろ？」

攻撃中のおれに代わって父上が説明してくれる。

「一方向に集約された火山灰の流れ。それは一つ数えるうちに何千万という火山灰の粒が噴きつける。突風並みの勢いでな。たとえただの岩の、微細な粒であろうと、何百億回と立て続けに擦《こす》りつけられれば竜の鱗だろうと斬り裂けるわ。ましてアードヘッグは灰の一粒一粒に竜魔力を付加してるんだぞ」

『あぎょえええええええッッ!?』

虚《むな》しくも竜結界は少しもブレスの勢いを止められず、接した集約火山灰ブレスは容赦なく竜の鱗を裂いていく。

一粒一粒は微小でも、それが数万数億と束なれば恐ろしい凶器となる。

『あぎいいいいいッ!?　こ、降参だ！　認める！　負けを認める！　だからブレスを解除してくれえええッ!?』

『…………』

降参を受ければ戦いをやめるつもりでいた。

あの生贄として囚《とら》われたニンゲンたちを見るまでは。

『ダメだ』

ブレスを吐きながらも竜魔法で念話できる。

『おれに反旗を翻すだけならばまだいい。すべての竜はガイザードラゴンに挑戦権を持つ。そう思っているからだ』

しかしお前は罪なきニンゲンを連れ去り、弄んだ挙句殺そうとした。

『それだけは許さん。おれが支配する竜族は、世界に害をなしてはならない。ニンゲンを傷つけようとしたお前を、おれは竜の皇帝として処罰する』

粛清。

これがおれのガイザードラゴンとしての初仕事だ。

『やだ！　助けて！　やめてええええぇッ!?』

集束ブレスを押しとどめるのに精いっぱいで逃げ避けることすらできなかったアギベンドは、やがて力尽きてそれすらできなくなり、押しとどめきれなくなったブレスが容赦なく竜の体を両断した。

真っ二つになったアギベンドは、その大それた野心と共に地上から跡形もなく消滅した。

私の名前はプラブ。

魔国のとある村に住んでいる女の子よ。

自分で言うのもなんだけどなかなかの美人で、もう少し大きくなったら魔都に上がってメイドになるのもいいと言われているわ。

私の住んでいる村は魔都から遠く離れた田舎だけど、近くにダンジョンがあって栄えているの。

ダンジョンで取れる黒水晶はドラゴンの魔力が宿っていて、加工すると強力なお守りになるんですって。

村の男たちがよくダンジョンに入って黒水晶をとってくるんだけど、不思議とみんな無事帰ってくるのよね。

ダンジョンを支配している黒竜様が大らかな性格で、私たち魔族ごときのすることぐらい気にも留めないんだって。

お陰で私たちは田舎に住みながらけっこう豊かな暮らしができています。

でもだからと言って油断は禁物。

相手はドラゴン。

世界でもっとも強大な存在で、私たち人類など虫けら程度にしか思わない。

今は眼中にないとしても、ちょっとしたきっかけで容赦ない大破壊をしてくるかわからない。

竜がいることに慣れるな。竜を恐れよ。

村で一番長生きのおじいちゃんがよく言っていた。

今になって、そんなおじいちゃんの言葉が克明に蘇《よみがえ》る。

いきなり竜が村を襲って来たのだから。

竜は言った。

『これよりこの地を支配するのは高貴なる竜将、グリンツドラゴンのアギベンド様である。ニンゲンどもに通告する。アギベンド様のために生贄《いけにえ》を捧《ささ》げよ』

と。

昔からお山のダンジョンを支配していたのは真っ黒な雌竜だったたって聞くけど。

何かあったのかな？

ドラゴンの世界でも下克上があった？

とにかく私たちの村も大混乱。

従わなければ村を滅ぼすと言われたので、とにかく誰かを生贄に捧げねばならない。

拒否するという選択肢はなかった。

だって相手はドラゴンだもの。

魔都におわす魔王様へ救援を求めるという意見も出たが、訴えを受けて兵を派遣してくれるにしてもドラゴンが定めた期日にはとても間に合わない。

仮に間に合ったとしても所詮魔族の軍隊でもドラゴンに勝てるはずがない。

魔王様に万一何かあって魔国全体が揺らぐぐらいなら私たちが涙を呑《の》もうと決まった。

そして私が生贄になった。

立候補した。

ドラゴンも『できるだけ美しいうら若い乙女』と注文を出していたし。めんこさなら私も自信がある。

村のためなら私も喜んで体を張りましょう！　と意気込んでみた。

私の他にも数人、同年代の女の子が生贄に選ばれ、竜に摑《つか》まれお山のダンジョンに運ばれた。

ドラゴンは私の村以外にも近隣から生贄をとっていたらしく、到着したら他にも哀れっぽい女の子たちが。

最終的には十何人になっていて、この子たち全員ドラゴンの生贄になるんだろうけど……。

一体生贄って、どんな扱いされるんだろう？

まさか取って食われることもないだろうし、召使いとして働かされるのか、もしくはドラゴンの奥様にさせられるのかと楽観的に考えていたら、本当にとって食われるらしい。

ドラゴンの中に人肉大好きという偏食家がいて、ソイツのために私たち連れてこられたんだとか。

まさかの最悪事態。

どうしようと慌てるも、今からじゃ逃げることすら不可能で、潔くドラゴンのお腹《なか》にインするしかない？

そんな諦めの境地に達した時だった。

救世主が現れたのは。

＊　＊　＊

『あぎいいいいいッ!?　こ、降参だ！　認める！　負けを認める！　だからブレスを解除してくれええええッ!?』

『ダメだ』

救世主もまたドラゴンだった。

私たちを食べようとしていた悪い竜を、なんか物凄《ものすご》い力で圧倒している。

『おれが支配する竜族は、世界に害をなしてはならない。ニンゲンを傷つけようとしたお前を、おれは竜の皇帝として処罰する』

『やだ！　助けて！　やめてえええええッ!?』

悪い竜は見苦しい命乞いの言葉を喚《わめ》き散らしながら、最後には真っ二つにされて消えてしまった。

凄え。

竜って最強だとは言うけど、その中でもさらに強弱があるのね。

『あッ、アギベンドがやられたッ!?』

『そんな、我々の中では一番強い竜だったのに!?　だからマリー様が留守を狙って反乱できたのに!?』

『あのアードヘッグとやら、ラッキーまぐれでガイザードラゴンになれたんじゃなかったのか!?』

他の竜さんたちが混乱している!?

私が連れてこられた時からいた竜たちで、その中には村に脅しかけ、私を生贄として連れ去った竜がいた。

『さて、お前たちの親玉は消滅したわよ。偉大なる私の主竜によってね』

『ひぃいいいいいいいいいッッ!?　ぶぶぶぶぶ、ブラッディマリー様ぁッ!?』

そんな竜たちをさらに追い込むように現れる、さらに別の竜。鼻先から翼や爪先、尻尾の先まで隙間なく真っ黒な竜。

『さてアナタたちはどうすべきかしらねえ？　身の程知らずのアギベンドと共謀し、反乱を実行したアナタたちもまた身の程知らず。頭目と同じ運命を辿《たど》ってもらおうかしら？』

あれー？

全身真っ黒な竜って、昔から村で言い伝えられているダンジョン主じゃなかったっけ？

『もももももも、申し訳ありませんブラッディマリー様!!』

『仕方がなかったんです！　アナタがお留守の間、アギベンドに勝てる者は誰もおらず！』

『皆ヤツに従うしかなかったんですうううううッ!!』

そしてその他大勢の竜たちの狼狽《うろた》えよう。

まるで村のクソガキたちみたい。オバサンに悪戯《いたずら》が見つかった時そっくり。

『強者におもねりプライドを売り渡す。弱者の処世を覚えたドラゴンなどドラゴンにあらず。その身もここで消し去ってあげましょうか』

『お許しおおおおおおッ!?』

竜たちは、黒竜様に全面降伏していた。

対抗する気ゼロ。

『勘違いしないことね。アナタたちの運命を決めるのは私じゃないわ。名実ともに私たちドラゴンの支配者、新たなるガイザードラゴンたるアードヘッグよ』

さっきまで戦っていた竜さんが降り立った。

無論勝者の方だ。敗者はもうこの世にいない。

『へへええ――――ッ!?』

『新帝様! どうか、どうかお慈悲をおおおッ!?』

『アナタ様の実力を疑っていたわけではないのです! アギベンドのバカが勝手にいいいいッ!?』

その他大勢の竜が必死に弁明するけど、肝心の強い竜さんは一切無視して向かってくるのは……

私たちの方?

まさか、この竜も私たちを食べるつもり!?

と思ったが竜はなんかいきなり変身して……、人の姿に変わっていた。

魔都にいそうなカッコイイ男の人だった。

「皆すまない。此度《こたび》は、我らドラゴンの中で飛び切り愚かな者がお前たちに迷惑を掛けた」

と言って頭を下げる。

「おれはガイザードラゴンのアードヘッグ。この世界すべての竜を束ねる者。その名に懸けて誓おう。おれが皇帝竜の座にある限りドラゴンは人類を襲わない。もしこの禁を破る不届き者がいればこのおれみずから罰を下そう」

『ニンゲン相手に何を下手に出ているの？』

今度はあの真っ黒な竜まできた!?

そして変身した!?

滅茶苦茶《めちゃくちゃ》綺麗《きれい》なお姉さんに!?

「アナタがニンゲン贔屓《びいき》なのはわかるけど、舐《な》められるのはダメよ？　いいことニンゲンども。私もアードヘッグの方針には基本従うけれど、アナタたちの方から仕掛ければ全力でやり返すから、よく覚えておくことね」

ひえええええッ!?

このお姉さんドラゴン、ハンサムドラゴンのおおらかさを引き締めて姉さん女房みたい。

「安心なさい。キミたちは元いた村へ送り届けよう」

「そして同族たちに伝え広めなさい。この方こそ新たなる竜族の支配者、皇帝竜ガイザードラゴンの称号を持つ者、その名をアードヘッグ。竜の慈悲を受けたければ彼を讃《たた》え、奉れと」

女性の方が抜け目なく相方を立てようとするの凄い！

本当に姉さん女房だ！

「わかりました！　私たち帰って、必ず今日見たことを伝え広めます！」

「強くて優しい竜の夫婦がいることを！」

あッ。

他の子も夫婦という印象を持ったんだ。

「ふうふッ!?」

そして竜のお姉さんが過剰な反応を示した。

「だってそうでしょう？　さっきからお似合いの雰囲気ですもの！」

「しっかり者の姉さん女房って感じですよね！」

助けられた乙女たちが口々に仲睦《なかむつ》まじさを讃えるが、讃えられる方は逆に困惑のご様子。

「ななな、何を言っているのかしらコイツらは!?　テキトーなことを言ってると焼き払うわよ!?

そうだわお土産に黒水晶でも持って帰る!?」

こうして私たちは無事それぞれの村に帰還し、仲睦まじい竜の夫婦が人類を守護してくれている
というお話が世界中に知れ渡りましたとさ。

ごきげんよう俺です。

今日は人魚たちの授業風景を参観中。

「この世でもっとも知的な行為は！　発明することよ！」

青空教室の教壇に立って、プラティが何やら熱弁している。

人魚国の名門校マーメイドウィッチアカデミア。

その在籍生徒の一部が農場に住み込むようになったのはいつ頃のことからか。

最近では人族魔族の留学生と一緒くたにされがちだが。

それでも人魚族だけが使う魔法薬の授業は、こうして人魚女生徒たちのみを対象に開かれる。

若い女人魚たちを対象に。

「新しい何かを創り出すということには、発想が必要になるのよ！　その上で幾多もの試みと失敗を繰り返し、それにも挫《くじ》けず進める直向《ひたむ》きさも必要！　つまり才能と努力！　二つ揃《そろ》わなければ発明は遂行できないのよ！」

熱く語るプラティ。

今日の彼女は教師役だ。

彼女自身、既に名の知れ渡った魔法薬使いだし、ヒトに教える資格は充分ある。

それでも率先して人魚女生徒たちを教えてこなかったのは、まず第一に生まれたばかりのジュニアの世話が大変で、それどころじゃなかったこと。

第二に、同格の魔法薬使いであるパッファの方が精力的に教師役を務めていたので、なかなか彼女に出番が回ってこなかった、などの理由がある。

しかしジュニアも大きくなって段々手がかからなくなってきたし、パッファも念願叶《かな》ってアロワナさんと結婚、農場を巣立っていた。

ということでプラティが教壇に立つことが最近多くなってきた。

マーメイドウィッチアカデミアの人魚女生徒たちも、プラティに直接授業をつけてもらうのは感激のようだ。

人魚国の王女様にして、人魚族最高の魔法薬使い『六魔女』の一人に数えられるプラティだもの。

そんな彼女のご尊顔を拝するだけでもミーハー心を刺激されることだろうし、指導を受けたとまでなったら田舎で自慢の種となるに違いない。

そんなプラティ。

授業で一体何をやるのかと思ったら……？

「というわけで本日は、皆さんに発明をしてもらいます！」

中々に無茶なことを言い出しおる。

「アナタたちだけのオリジナル青汁を！」

んんー？

突然降って湧いたフレーズに、俺は戸惑いを覚える。

母親の勇姿を見てもらおうとジュニアを抱えつつ授業参観していた俺だが、さすがに質問せずにはいられなかった。

「ちょっとちょっとプラティさん？」

「何よ旦那様!?　アタシは今、一人の教師！　ここではプロフェッサーと呼びなさい!!」

プラティは、けっこう肩書で人格が左右される女性なんだよな。

さすが王族と言うか。

「じゃあプラティッサー」

「称号と名前を混ぜるのやめて!?」

「何故《なぜ》生徒に青汁を発明させようとしているの？」

青汁は、ここ最近農場で生まれたトレンドだ。

新開発したミキサーで色々なジュースを作った催しがあり、その時フルーツジュースや野菜ジュースとともに青汁も作った。

原料となる草葉をミキサーでグチャグチャにし絞るだけのシロモノだからな。

最後のオチとして利用させてもらったが、その辺でも大変優秀だった。

「旦那様が作った青汁を見た瞬間、私の心はときめいたのよ!!」

「夫としては別の部分にときめいてほしいな」

「青汁！　それこそ私たち魔女にベストマッチする液体！　多数の薬草を調合し、手軽に飲んで体調を整える、ってことでしょう!?」

言われてみればたしかに……!?

そうか青汁って、魔法薬を作るプラティたちにとって、そんなに親和性の高いものだったのか!?

青汁と一口に言ったって、色んな草や葉っぱを混ぜて調合してあるに違いない。

魔法薬の調合と同じなのではなかろうか。

『何百種類の生薬配合!』とかＣＭで謳《うた》われると効きそうな感じするもんな!

「というわけで今日は、様々な薬草を配合してアナタたちだけのオリジナルブレンド青汁を発明してもらおうと思います。実技授業よ!」

『どういうわけだよ……!?』という生徒たちの戸惑いが物凄《ものすご》い。

言葉に出さなくても気配から匂い立つかのようだ。

「原料は、農場で栽培している薬草全般を使用するがいいわ! 一般的なものから世界に二つとない貴重な霊薬の素《もと》まで! 農場の薬草園は何でも取り揃えてあるわよ!」

薬草園って、家の裏手でプラティが世話しているあの……?

「霊薬草まであるんだ……!?」

「『この農場ならあるだろうな』という納得の方が先に来て、いまいち驚けない……!?」

ともかくも無茶ぶりされた人魚女生徒たち。

『教師としてはパッファさんの方が有能だった』という評価をそのうち貰《もら》いそうだが、とにかくも授業をパスするには薬草数種類を調合させて青汁を完成させなければならない。

少女人魚たちは、若い感性で一体どんな見たこともない青汁をブレンドしてくれるのだろうか!?

「はいはーい！　できたわよお姉ちゃん!!」

真っ先に手を上げた女生徒は、プラティの妹でもある人魚国の第二王女エンゼルだった。

いや、人魚王はこのたび代替わりしてアロワナさんが即位されたから……、王の妹は一体なんて言うの？

よく知らないから引き続き王女様の呼称で。

とにかくそんなエンゼルだ。

「ほう、一番手を取るとはさすが我が妹ね」

「当然よ！　王女のアタシに相応《ふさわ》しいマーメイドロイヤル青汁をご賞味するがいいわ！」

なんか違う商標とごっちゃになってそうな印象のあるロイヤル青汁。

「お姉ちゃんの薬草園にある、もっとも高級な薬草を混ぜて作った青汁！　原料の貴重さからして一杯につき金貨百枚にはなるシロモノよ！　金額だけでも最高に達する青汁が、すべてにおいて最高であることも、明白！」

「不合格！」

「なんでーッ!?」

プラティが放つ衝撃波によって吹き飛ばされるエンゼル。

「高級品ばかりを混ぜて高級な青汁を作る！　そんな安易な発想で合格をあげられるわけないでしょう！」

そりゃそーだ。

「調合とは創意工夫が試されるのよ！　たとえ何の変哲もないフツーの薬草でも、調合次第で思いがけない効果を引き出す！　それが調合師の腕の見せどころじゃない！」

「うんうん」

「それに高級品ばっかり使ってたら単価が上がりすぎるでしょう!?　品物一つ一つの値段を下げて、広く大きく売る方が儲《もう》けも出やすいのよ!!」

「うん？」

何の話？

単価？　儲け？

もしやプラティ……？

「青汁売って儲けようとしている？」

「うぐッ!?」

どうやら図星だったようだ。

何故今更お金に執着を？　元々王女様であるプラティは日銭なんて気にするタチじゃないだろうに？

『パンがなければ魚をお食べ』とか言いそう。

「だって仕方ないじゃない！　今の私たちにはジュニアがいるのよ！」

「うむ？」

「これからジュニアをどう育てていくにしても、お金はあった方がいいに決まってるのよ！　将来、どっかいい学校に通いたいとか言い出したらどうするの!?　ジュニアの夢を応援するためにも、今のうちにできるだけお金を貯《た》めておいた方がいいのよ!!」

主張が正しすぎて粉砕された、俺の心が。

たしかにプラティの言う通りだ。育児はとかく金のかかるもの。これまでの俺は自給自足を意識して極力お金は持たないようにしてきた。

しかし子どもにまで親の生き方を強いるのは独りよがりだろうか。

ジュニアも今はあどけない赤ん坊だが、成長して夢を持ち、末は博士か大臣になるかもしれない！　縦社会の勇者に成り上がるかもしれない！

俺の子だし！

その時一銭の資金援助もできないんじゃ親としてあまりに不甲斐《ふがい》ない!!

「わかったよ！　たしかに必要だねお金は!!」

「わかってくれたのね旦那様!!」

俺、異世界に来て初めてお金の必要性を知る。

親になるってこういうことなのか!?

「というわけで青汁は絶好の儲けになると思うのよー？　何せ健康食品だし、怪我《けが》や病気してなくても買ってくれるしね！」

「……」

「販売はパンデモニウム商会にお任せすればいいから、きっとウハウハよー！」

……プラティよ。

てことはつまりキミは、自分の儲け話のために人魚女生徒たちからアイデアを募ろうと？

それって問題ないのかな？

「そう言うことならプラティ様！　私にナイスアイデアがあります！」

名乗りを上げる人魚女生徒。

見覚えのない顔だな、初めて見る子か？

「コストは最小限！　しかし儲けは最大限！　その辺の雑草をちぎって粉にし『農場謹製の青汁』と謳えば爆売れ間違いなし！　どうせ素人に違いなんてわかりません！　テキトーでいいんですよテキトーで！」

「詐欺商法は厳罰ッ!!」

農場に来てる人魚女生徒って皆いいとこのお嬢様なはずなんだが……。

どうしてそんなあこぎなことを思いつく？

ともかくも食品偽装を行おうとした女生徒は、不合格の烙印《らくいん》と共にプラティから衝撃波で吹っ飛ばされていた。

ところでプラティ、その衝撃波一体どうやって出してるの？

魔法薬使ってる気配ないけど。

母親になって新たな技を獲得した？

「やっぱり学生風情からアイデアを募るのはダメね！　所詮小娘どもよアテにならないわ！」

学生をアテにするな。

一人の母親として、青汁大量販売からの養育費ゲットをもくろむプラティ。

しかし、その計画には何よりもまず売り物である青汁を完成させなければならない。

青汁と言えば、誰もが認める健康食品。

プラティの目の付け所はいいと思う。

健康のためという大義名分があり、しかも消耗品として継続して買ってくれる健康食品ほど売り物として優秀なものはない。

魔法薬を製造する人魚との親和性も高いしね。

「しかし！　若さゆえの奇抜な発想もあるかと試してみたけど、てんでダメねアナタたち！　所詮マーメイドウィッチアカデミアは人魚国屈指の名門校！　そこに通うエリートは思春期のうちから頭が硬化していると見えるわね！」

プラティの名門校ディスが甚だしい。

そんなマーメイドウィッチアカデミアを中退した経歴を持つプラティだから僻《ひが》みでもあるのだろうか？

とにかくこんなプラティの目論見《もくろみ》に振り回された生徒さんたちには申し訳なさでいっぱいだ。

「こうなってはアタシみずから動くしかなさそうね！　この六魔女の一人『王冠の魔女』と謳《うた》われた、このプラティが!!」

「最初からそうしてくれ」

キミの儲《もう》け話《ばなし》だろう？

「というわけで生徒諸君！　授業なんてやってらんねーから、あとは自習ね！　大丈夫、本当に才能ある子はヒトから教えられなくても大成するのよ、このアタシのように！　それでは起立！礼！　突撃！」

学校というシステムを全否定するような暴論を吐いてプラティは走り去っていった。

青汁の試作を強要される以外、まだ何も教わっていない人魚女生徒たちを残して。

――『教師としてはパッファさんの方が明らかに優秀だったな……！』

そんな少女人魚たちの心の叫びが響き渡るかのようだった。

ゴメンね？

とにかくプラティの暴走はこちらで預かるので、人魚女生徒の皆さんは学業に専念していただきたい。

「それじゃあ見せてやろうじゃないの！　魔女が創り出す、本物の最高品質青汁ってヤツをね！」

プラティが、ついにみずから青汁を創造しようとしております。

仮にも『魔女』と呼ばれるほど凄腕《すごうで》の魔法薬調合師。そんなプラティが本気で青汁のブレンドをプロデュースしたら、一体どんな凄いものが生まれてしまうのか？

ちょっと興味はある。

「実を言うと配分は決めてあるのよね！　何をどれだけ混ぜて、このプラティ様オリジナル青汁を作製するか！」

「えッ？　そうなの？」

ではその気になるレシピを見てみよう。

薬草：少々。

毒消し草：ほんの少し。

ツタの葉：気持ち程度。

やまびこ草：あれば入れる。

他。

「…………」

なんか、意外と普通だな？

どれも村の道具屋で売ってそうな、ごく有り触れた原料だ。

たしかに高級すぎる素材を取り揃《そろ》えて原価が高まれば商売にならないと、エンゼルの時にも言っていたが……。

「ふふふ、素材が普通過ぎてがっかりしたかしら旦那様？」

「い、いや、そんなことは……!?」

「取り繕わなくてもいいのよ？　たしかに現状揃えた素材は、魔女のアタシが扱うにはあまりに普通過ぎる。肩透かしと感じるでしょう。でも舐《な》めないでほしいわね。素材はまだ全部揃っていないのだから！」

なんだって!?

「むしろ今揃っているのはおまけに過ぎないわ！　こういうのには一種類だけ凄いものを用意して、それを目玉にした方が食いつきがいいのよ！」

なるほど！

『タウリン五億ミリグラム配合！』とかそういう感じのヤツだな!?

「アタシの素材にはそういう目玉となる一点がまだ足りていないの！　それさえ加わればアタシのパーフェクト青汁が完成する！　でもそれは、まだアタシの手の中にはない……！」

「え？」

プラティの手元にない薬材があるというのか？

割とこの農場、なんでも育ててるし収穫できていると思ったが、慢心だったか……!?

「ち、ちなみにその最後の素材とは？」

「世界樹の葉よ!!」

また耳馴染《みみなじ》みのあるフレーズが出てきた。

世界樹の葉と言えば、ＲＰＧでよくある蘇生用《そせいよう》のアイテム。

こっちの世界にもあったのか……？

「っていうか世界樹あるの？　この世界？」

「海育ちのアタシはよく知らないけど、どっかの森の奥深くにあるらしいわよ。物凄く大きくて樹齢何千年で、その根や幹や枝そして葉っぱすべてに霊力が宿っているという……！」

その葉には、さすがに死者を甦《よみがえ》らせるまでの効果はないが、あらゆる毒を浄化し、生命力を与えるという。

「その世界樹の葉を青汁の主原料とすれば『世界樹の葉配合・健康青汁』として売り出すことができるわ！　バカ売れ間違いなしよ！」

それはまあ……。

……たしかに売れそうな気はする。

絶対体にいいだろうし。

「というわけでアタシはこれから世界樹を見つけに行きます！　地上のどこかにあるらしいけど、アタシなら必ず見つけ出すことができるわ！　ジュニアのためにも！」

子を想《おも》う母親に不可能はない。

まあ世界樹と言えばデカい割に隠れてて、普通の人では見つけらないイメージ。

きっとこの世界でも人里離れた山奥とかにあって、相当な苦労を重ねなければたどり着けないいんじゃないかな？

「そんな大変なものを原料に組み込んで大丈夫？　コストかかってやっぱり値が上がったりしない？」

「大丈夫よ!! ウチの農場にはコストダウンの手段がたくさんあるでしょう! 世界樹のあるところまでヴィールに乗って飛んで行くとか!!」

そりゃドラゴンの翼なら世界中行けないところはないだろうが……。

ヴィールの気まぐれっぷりを考慮したら、とても安定供給は望めなさそうなんだが。

「そもそも世界樹がどこにあるのかもわからんし……」

っていうか本当にあるの世界樹?

人々の噂《うわさ》に上るだけで、実在しない夢の世界にあるものとかでは?

「大丈夫よ! 巷《ちまた》では実在が疑われている聖者の農場だって、こうして存在しているのよ! その主である旦那様が信じてあげられなくてどうするの!?」

そう言われるとぐうの音も出ないんだが……!?

そうか、俺自身も負けず劣らず夢の世界の住人だった!?

じゃあ世界樹もあると信じて、居場所を探してみるか。

その葉っぱを青汁に入れるために……。

「知ってますよ世界樹のあるところなら」

まずは聞き込みで情報を集めようとした矢先……。

早速ヒットがあった。

証言者はエルフたち。

「私たちエルフが住む集落の中にあります。エルフは本来森に暮らす種族ですが、古くから住み暮らす森の中に集落を作ったりするんですよ」

いくつかある中の、もっとも大きな集落に世界樹はあるらしい。

「世界樹が守護してくれるお陰なんでしょうがね。一番大きな森の中で一番たくさんのエルフが住み、『エルフの都』なんて呼ばれていますよ」

「法術魔法のせいでどんどん小さくなっていった人間国の森とはえらい違いですよねー」

「「あはははは！」」

なるほど、世界樹はエルフの森にあるのか……!?

だとすると一筋縄じゃ行かなそうだな。エルフと言えば森にこもって排他的な種族として有名だ。

世界樹の葉を分けてもらうどころか、森に入れてもらうだけでも困難を極めそう。

冒険の匂いがするぜ!!

「よし！　行ってみるか！　世界樹の葉を手に入れるために！」

「え？　聖者様、世界樹の葉が欲しいんですか？」

俺の決意表明に、聞き込みを受けていたエルフが反応した。

「なら普通に買えばいいんでは？」

「え？」

ここから話が変わってきた。

エルフたちの話では、世界樹のある大集落に住むエルフたちは、大きく栄えるだけに他のエルフより開明的らしい。

俗物的ともいえるが。

森の外にある魔族や人族の文明に興味を持ち、取引することがあるんだそうだ。

そういう時エルフ側の取引物としてもっとも使われるのが世界樹の葉。

エルフの都では、それこそ無限に生い茂るのに、外では百薬の長として珍重されている。

これほど美味《おい》しい商品はない。

「値は張りますけど、それなりに流通してますから商会に頼めば持ってきてくれますよ。シャクスさんに相談してみたらどうですか？」

とエルフたちに勧められたので、その通りにしてみた。

後日、大量の世界樹の葉が届けられた。

＊　＊　＊

「不味《まず》い！　もう一杯!!」

プラティが完成させた『世界樹の葉配合青汁』試作品を飲んでシャクスさんが叫んだ感想。

「いいですね！　世界樹の葉は高級品ではありますが、販売期間が長くてさすがにマンネリ化していたんです！　新たな捻《ひね》りを加えて、再びよく売れそうですよ！」

そうしてシャクスさんとこの商会で扱われるようになった青汁は魔都を中心に大ブームとなって、俺たち夫婦の下にも大金が雪崩《なだ》れ込んできた。

当初の予定通りではあるが……。

「……なんか釈然としないな」

「そうね……」

俺とプラティは夫婦揃って、この胸にわだかまる肩透かし感を消し去ることができなかった。

この世界の世界樹って、けっこう俗なんだな……!?

バッカスが経営しているおでん屋が気になった。

バッカスと言うのは神と人のハーフで、もう何千年も生きている。

もうほとんど神と言っていい存在なのだが無類の酒好きで、その何千年かを酒造り、酒飲み、酒布教に費やしている酒マスターだ。

先日『真に酒を楽しむには一緒に食べるつまみも重要』という話になり、試みの一端としておでん屋を開業。

美味《おい》しい日本酒の置いてあるお店として、なんとバッカスみずから主を務めだした。

俺としてはあの酒神が客商売……と言うだけでも不安極まりない。

トラブル防止のためにも、こまめに様子を窺《うかが》うつもりでいたのだがアロワナさん及び俺の結婚式、魔王さんのダイエット騒動など様々あって後回しになってしまっていた。

……。

俺こっちの世界でのんびり気ままに暮らすつもりだったのが、気づけば忙しくなってるんだよなあ。

まあ、これも宿業《しゆくごう》と思って受け入れるか。

こうしてできた余暇を利用し、バッカスの様子を見に来ている。

さて、俺が目を離している間に酒神のおでん屋はどう変わったであろうか？

相変わらず繁盛しているかな？

と覗《のぞ》いてみたら……。

争いが起こっていた。

バッカスのおでん屋がある魔都の一角。

そこでいかにも威勢のいい魔族男たちが数十人と睨《にら》み合っている。

「零細ギルドが、思い上がるな！」

「そりゃこっちのセリフだ商会のイヌが！　資本にモノをいわせりゃ言うこと聞くと思うなよ!!」

かなり険悪。

なんでここのおでん屋は訪ねるたびに抜き差しならない状況になっているんだ？

「おッ、聖者ではないか。いらっしゃい」

いがみ合う男どもの向こうでは、店のおやじにして酒神バッカスが何事もなかったかのようにおでんを煮ていた。

「最近顔を見せないから心配していたぞ。他の店に浮気していたか？」

「お前こそ少しは農場に顔見せに来いよ」

夢中なことが見つかると、そっちに懸かり切り。

それを数千年と繰り返してきたのが半神バッカスなのだ。

さすが奔放な天神の血を受け継いでるだけはある。

「積もる話もあるだろうが、座ったらまず注文が礼儀だ」

「はいはい、じゃあ大根とちくわ、あと厚揚げください」

「酒は？」

「昼間っから飲まねーよ。今の注文も昼飯気分だし、ご飯があれば欲しいくらい」

バッカスの店のおでんはおつゆが濃厚なので、充分ご飯にも合う。

昼に定食を出したら必ず売れるだろう。

実際ご飯が出た。

おでんをおかずに食べる白飯美味《うま》い。

「……で、店前で営業妨害甚だしい彼らは何なの？」

俺が美味しいおでんに舌鼓を打っている間も、店先ではむくつけき男どもが押し合いへし合い、いがみ合いを続けていた。

あれではお客も店に入って来づらいであろう。

「さあ、私が気にしているのは、美味しいお酒とおでんを人々に提供することばっかっす！」

「相変わらず自分の興味があることにしか興味がない……！」

この神は、毎回こんな感じなのでまともに向かい合っていたら話が進まない。

ここは、もう一人しっかりした解説役が必要だな。

「ベレナ」

「はい」

俺に同行していたベレナが隣の席で、ちくわぶに齧《かじ》り付いていた。

「少し待ってください、これを食べ終わるまで……!?」

「落ち着いて食べなさい」

バッカスのおでん屋は魔都にあるので、俺が訪ねるには転移魔法要員に送ってもらうことが必要不可欠。

それを務めるベレナだった。

そして魔都の中を案内してもらうことも考えれば、元魔王軍に所属していたベレナこそが打ってつけ。

「……ごちそうさまでした。……さて、店先で言い争っている一方は、恐らく居酒屋ギルドの人たちじゃないですかね」

「ああ、こないだもいた……？」

前にこのおでん屋を訪ねた時にバッカスを締め上げていた者どもだ。

魔都では、どんな職種にも相互扶助会というべきギルドがあって、そこに所属しなければお店は開けない。

かつてバッカスのおでん屋は、無許可営業ということで居酒屋ギルドから咎《とが》められていたのだが……。

「バッカスが正体を現すことで解決したんじゃないのか？」

「酒に関わる職業にとってバッカス様は守護神ですからね。特例が認められて、すぐさま許可が出されたと記憶しています」

さすが事後処理にも関わったベレナは、よく知っている。

「でもそれならギルドとのいざこざはすっかり解決したんだろう？　何故《なぜ》また店先で騒動を起こしているんだ？」

「それは恐らく相手側に理由があるのでは？」

相手側？

そうか、揉《も》めているということは意見が衝突する相手がいるということ。

よく見れば男たちの人垣は真っ二つに分かれ、天下分け目とばかりに睨み合っている。

「ギルドと揉めている……、一体何者なんだ？」

「それがわかれば対立の理由がわかるでしょうが、その前に追加ではんぺんください」

ベレナは練り物が好きなようだ。

「俺にもごぼう天と白滝」

バッカスのおでんが美味しいお陰で、ちっとも話が進まない。

「ふー、食った食った……！」

「お腹《なか》いっぱいですねー」

満たされてようやく争いに介入する俺たち。

「で、キミたちは何を争っているのかね？」

「何だオッサン!?　部外者は引っ込んでろ!!」

凄《すご》い剣幕。

仲裁に乗り出そうとしたのにまったく話を受けつけない。

「いい加減にしやがれ！　こうなったら力づくで追っ払ってやろうか!?」

「粗暴なギルドはすぐ暴力に訴える。どうしてもやるというなら、お前たちが劣っているのは資金力だけじゃないと思い知ることになるぞ？」

いかん、険悪さが積もりに積もってもはや暴発寸前だ。

このままではバッカスの店の目前で乱闘騒ぎが起きかねない。

「そんなことになったらバッカスの店が潰れかねない。こうなったら……！」

「私の魔法連射で一掃しますか？」

とベレナ。

彼女も本当に逞《たくま》しくなったな。

いざとなったら彼女に『お願いします！』しようとしたが……。

「やめなさい見苦しい」

先んじて荒くれ者どもを制する声がした。

しかもこの声には聞き覚えがある俺も。

彼は……。

「シャクスさんじゃありませんか!?」

魔国の商会を率いる偉い人！

我が農場とも取り引きがあって懇意になってる御方《おかた》が何故ここに。

「これはこれは聖者様。思わぬところでお目に……いや、そこまで思わぬことでもないですな」

俺の姿に気づいたシャクスさんは恭しく挨拶。

相変わらず抜け目ない人だ。

「バッカス様が営むレストランにアナタ様が関わっていないはずがありませんからな」

「いや、レストランって……!?」

そんな大仰な……!?

「ウチの者たちがお見苦しいところを見せてしまいました。聖者様からは失望を禁じえぬところでしょうが、吾輩《わがはい》に免じてどうかご容赦のほどを……!」

「いえいえいえ……!?」

そんな丁寧に……!?

さすが商会長はやることにソツがない？

「じゃあギルドと揉めている相手側は、商会の人たち？」

「困ったものです。商会に所属する者は、末端であろうとお客様の目に触れる機会があるから常に優雅に振る舞って、お客様の気分を害さぬようにと指導してあるのですが……」

社員教育も徹底なすってるんですね……？

「ただ、相手がギルドとなるとどうしても荒っぽくなり……、やはりゴロツキと接すると荒々しさが移ってしまうのですかな？」

「おうおうおう!?　そりゃどういう了見だ!?」

　また新たな登場人物が!?

「テメエごときが生意気な口ぶりじゃねえかシャクス！　舐《な》めた物言いしてると昔みてえにシバき倒すぞ！　この居酒屋ギルドのギルドマスター、サミジュラがな！」

新たに現れたこのオッサンは何者ぞ?

シャクスさんと違って完全に見覚えがない。初対面であることは間違いない。

魔族であることは肌の濃さからわかるが、実に恰幅《かっぷく》のよい横に広い体格。

しかし肥満というわけではなく逞《たくま》しい体つきで、エネルギッシュかつ押しが強そうだ。

顔つきからもアクの強さが窺《うかが》え、一筋縄ではいかない中小企業のやりて社長という風格だった。

「サミジュラ殿、まさかギルドマスターみずからお越しとは」

「部下だけじゃ埒《らち》が明かなそうなんでな。そういうテメエだってこうして現場に出てくるとはどういう風の吹き回しだ? 商会長さんよ? 偉くなったら豪華な部屋でふんぞり返っているもんじゃないのか?」

「貧困な発想ですな。商会長たる者、商会と魔国全体を富ませるため、一瞬も腰を落ち着けてはいられません。儲《もう》け話《ばなし》のあるところならどこであろうと駆けつけ、交渉をまとめるのが商会長の責務です」

「そんなこと言って下積み時代のクセが抜け切れてねえだけじゃねえか? どれだけ気取って偉ぶろうとも、テメエは自分で動かなきゃ気の済まない現場人間なのさ」

「どんな業界でも座ったまま儲けることなどできませんよ。商会の幹部クラスが現場に出てこないという決めつけこそ、アナタの暗愚が生み出した偏見です」

「誰が愚かだテメエ!?」

シャクスさんと激しく舌鋒《ぜっぽう》を斬り結ぶ、このオジサンは何者なのか?

俺やベレナが呆気《あっけ》に取られて眺めているとオジサンは気づいたのか……?

「あぁ? なんだ見世物じゃないぜ? 飯が終わったんならさっさと出ていきな。そして仕事に戻れ。食ったら働く、それが正しい生き方ってもんだぜ」

「口を慎みなさいサミジュラ殿。この御方《おかた》への失礼、アナタは本当に目端の利かない人だ」

「何だとッ!?」

互いの皮肉に一々反応する。

この二人ばかりを喋《しゃべ》らせていたら、いつまで経《た》っても話が進まなかった。

「シャクスさん、ご紹介してもらえませんか?」

この『社長さん』と呼びたくなるような恰幅いい男性を。

「……聖者様がお見知り置くほどの者ではありません。どうか路傍の小石のごとく黙殺ください」

「そこを何とか……」

俺が食い下がることで不承不承ながらにシャクスさんは語る。

「彼はサミジュラと言いまして、今では居酒屋ギルドを束ねるギルドマスターです。山賊の親分と似たようなものですよ」

偉い人ってことか?

バッカスの店先で睨《にら》み合う居酒屋ギルドと商会。

そのそれぞれのトップまで出てきたというのだから尋常なことではない。

一体バッカスの居酒屋を巡って何が起きているというのか!?

「そう複雑なことではありませんよ聖者様」

俺の困惑の表情を読み取ったのか、シャクスさんは説明する。

「むしろ自然なことです。このレストランの素晴らしい品揃《しなぞろ》えを考えれば……」

「だからレストランと言うようなものでは……!?」

おでん屋は、おでん屋だよね？

「この頃魔都では評判が上がっているのです。見たこともない珍味、飲んだこともない美酒。それらをふんだんに取り扱う名店が、名もなき裏通りにあると。しかも嘘《うそ》か真実か、その店を営む主人は他でもない酒の神バッカスであらせられると……」

……そりゃ神みずから切り盛りしてたら噂《うわさ》にもなるか。

「その噂を聞いた吾輩《わがはい》はすぐさま調査を始めました。そして突き止めた。バッカス様のレストランは実在していたのです！」

「だからレストランでは……!?」

「酒神バッカス様が聖者様の下にいらしたのは承知しております！　ということはこの店の料理にもがっつり聖者様が関わっておいでなのでしょう！　だとすれば美味《おい》しいに決まっている！」

シャクスさんが興奮している。

「そして美味しいものは儲けを呼びます！　吾輩どもも是非とも儲けに噛《か》ませていただきたい！

どうか我ら商会と業務提携を！」

「やっぱりそういう話なんですか？」

「既に噂を聞きつけ、酒神バッカスの振る舞う美酒と珍味で舌鼓を打ちたいという上級魔族が大勢おります！　我ら商会は、そういった大口注文を取りつけてバッカス様に引き合わせる仕事をしたい！　聖者様からも口添えいただきませんか!?」

シャクスさんは大商人だ。

儲けの匂いがすれば真っ先に駆け寄ってくるし、儲けるための絵図を描いて乗せてこようとする。

それはもう商人の生物的習性というべきもので、こっちがどうこう言ってもしょうがないものなんだが。

「店舗もこのような路地裏ではなく、一等地に新しいものをご用意いたしましょう！　最高の売り物には最高の店構えこそ相応《ふさわ》しい。費用はすべて商会の方で出させていただきます！　是非とも！」

「ちょっと待てや」

ヒートアップするシャクスさんの肩に手が置かれる。

太くてゴツゴツした指。仕事人を感じさせる力強い男の手だった。

「サミジュラ殿……!?」

さっき紹介されたばかりの居酒屋ギルドのマスター。

「差し出がましいぜ商会さんよ。食い物と酒と、それらを楽しむ場所がある以上、ここはオレたち居酒屋ギルドの管轄だ。部外者の出る幕じゃねえぜ」

「我ら商会は、利益のあるところならどこであろうと活躍の場です。そちらこそ旧態的な縄張り意識を押し付けないでいただきたい」

「そんなことをやってっから商会は方々から嫌われるんだよ。オレたちギルドが大切に育ててきた店やら企画やら商標やら、片っ端からさらっていきやがって!」

「我ら商会の目に留まったということは、それだけの価値があるということです。名誉なことではないですか」

「お高く留まってんじゃねえ!!」

また口論が始まった。

シャクスさんとサミジュラさんとやら。

どうしてこんなに仲が悪いのか？　ここは誰かから説明が必要になりそうだな？

「ギルドと商会は、古くより対立しているのです」

そこに打ってつけな人材は、やはりベレナだった。

よい解説役。

「ギルドは……、今、目の前にいる居酒屋ギルドの他にも多くの種類……それこそ職種の数だけギルドが存在していますが、その全員、商会を嫌っています。彼らにとって商会は敵なのです」

「どうして?」

仲良くやればいいじゃない?

「そもそも商会は、大きな商業組織です。大資本を背景に流通ルートを確保し、貿易で多大な利益を上げ、魔王様とまで取引する。その商売の規模は国家レベルと言っていい」

ほうほう。

「それに対して各職業ギルドは、零細な個人事業主の寄り合いです。個人レベルではどうにもならない問題を、同業者で集まって力を併せて解決しよう。そういう意味合いで結成されるのがギルドです」

大資本と個人業主。

なんか話が見えてきた。

「ギルドの人たちが協力して立ち向かおうとしてる相手って……？」

「御明察の通り、パンデモニウム商会です。彼らは儲けがあるとわかればすぐさま大資本で囲い込み、独占してしまいます。才能あふれた職人、大流行の兆しを見せる新商品、他諸々。今まで商会が個人事業主からさらっていったものは数知れません」

大資本から個人経営者の利益を守ること。それもギルドの役割ってことか。

個人vs組織。

弱者vs強者。

下層vs上層。

それがギルドと商会との関係性なんだろうな。

「そして今回は、バッカスのおでん屋を巡って大資本と零細が対立していると……!?」

「居酒屋ギルドにとっては守護神ともいうべきバッカス様が直接運営するお店ですから、崇《あが》め奉りたいですよね……。そしてそれを商会に持ってかれるなどあってはならぬこと……！」

それでこうしていがみ合い、それぞれのトップまで出てくる大惨事になっているのか。

「バッカス様はお前らなんぞには渡さん!!」

「聞き分けなさい。我らと提携する方がバッカス様のおためとなるのです」

いがみ合うトップ同士。

これでは部下同士が衝突していた時と何も変わりない。

「……なあバッカスよ。お前はどうしたいんだ？」

こういう時は当事者に委ねてしまうに限ると思って、丸投げ。

「あの人たちはお前と商売したいらしいんだけど、どっちと組む？　ギルドの人たちか？　それともシャクスさんたちか？」

「多くの人に美味《うま》い酒を飲んでもらい、美味いと感じてもらう。私の望みはそれだけだ」

だよね。

そもそも神が金銭なんかに囚《とら》われるわけがないし。

バッカス自身にやる気がないからには、もうお店を閉めて雲隠れしてしまうのも手じゃないかと思えてくる。

ずっとおでん屋の主人をする気でもないだろうし。

「ゆえに私は、私の酒とおでんをより愛する者と道を共にするだろう」

「ん？」

「争え。お前たちがどれだけ酒とおでんを愛しているか私に示せ。勝者にこそ栄冠は与えられる」

これだから神は！

すぐ人間同士を争わせようとする！

「……要するに勝負で決めようってこと？」

勝った方が、バッカスおでん屋と一緒に商売できる？

「それはいい！　居酒屋一筋四十年であるこのオレに絶対有利な勝負だ！　お高く留まった商会風情に負けるはずがない！」

「庶民商売の程度を思い知ることとなるでしょう。商会の大資本にはどう足掻《あが》いても勝てないと！」

サミジュラさんもシャクスさんもやる気だった。

今ここに神（半分だけだが）が定める仁義なき戦いが開催されんとしていた！

こうしてバッカスとの共同運営権を巡って争うことになったシャクスさんとサミジュラさん。

商会、ギルド代表である双方。

これは嵐の予感がする。

「でも『争え』って具体的にどうするの？　まさか殴り合いでもするつもり？」

それもまた大ごとになってやめてほしい気が……。

「ご心配なく聖者様。我々は商人。商人は血を流す争いなどいたしません！」

「その通り！　オレらにとっては金こそが血！　出費が出血！　ガハハハハ！」

仲悪くはあるが、要所要所で気を合わせるよな、この二人？

「勝負形式はもう決まっています」

「おでんを巡る争いなのだから、おでんで勝負をつけるのがスジってものよ！」

え？

牛すじ？

「おでんで勝負……!?」

「そうか！　おでん早食い対決ですね!?」

周囲に群がる商会やギルドの下っ端さんたちが騒ぐ。

「どれだけ早くおでんを食べるかで勝負！　時間内にたくさんおでんを食べた方が勝ち！」

「となれば勝負の決め手は熱だ！　アツアツのおでんを慌てて食べたら口の中が火傷《やけど》する！」

「それを防ぐには冷まして食べなければ。しかし自然に冷ますのを待っては時間がかかる！」

「どれだけ効率的に冷やすかが勝敗の決め手だな！　それなら水を持ってくるぜ！　どんな熱々おでんも水にぶち込めばすぐさま常温だ！」

「こっちは細かく切り分けることで表面積を増《ま》し、冷ます時間を早めるぜ！　ならば包丁がいるなああー！」

「「「「うぎゃあああああッッ!?」」」」

と早食い勝負の準備に逸《はや》る商会、ギルドの両下っ端さんたちを、邪聖剣ドライシュバルツの閃光《せんこう》で吹っ飛ばした。

「食べ物を粗末にするな」

「「「「すみません……ッ!?」」」」

農家の人や漁師猟師の皆様が丹誠込めて用意した食材、料理人が一生懸命調理した料理で遊ぶな。

食う時は全力で、その料理を味わい楽しめ。

「……聖者様が剣を振るうところなんて初めて見ました……!?」

「聖者様が日常で唯一怒るのが、食べ物を粗末にすることです」

ベレナ解説ありがとう。

「シャクスさん、サミジュラさん」

「「はいッ!?」」

「アナタたちは違いますよね？　食べ物に敬意を払ってくれますよね？」

それぞれ組織のトップであるアナタ方なら。

「も、もちろんですとも！　あのような世迷言《よまいごと》は、まだまだ道理を知らぬ駆け出しどもの口から出たこと！　吾輩《わがはい》からもあとでキツく言っておきますので、どうかお聞き流しを!!」

「オレは居酒屋ギルドのマスターだぜ！　人一倍、酒と食い物は大事にしておるよ！　早食い勝負なんてするわけない、するわけない！」

では、どういった勝負を？

「聖者様の仰《おつしや》る通り、料理はその味その姿を満喫してこそ。そのことをより突き詰める勝負はいかがか？」

「つまり……、飲み師勝負ということか!?」

飲み師勝負!?

またよくわからん単語が出てきた!?　なんだか少年誌のホビーマンガみたいだ!?

「居酒屋ギルドのマスターたるアナタにとって、飲み師勝負こそ独壇場。もっとも自分の得意な土俵に引き込んだというわけですか？」

「もちろん受けて立つよな商会長？　手広く根こそぎを日頃から自慢してるんだ。勝負方式だって何から何まで網羅しているんだろう？」

「当然です。パンデモニウム商会長として、市井の個人経営者に敗けるわけにはいきません。どんな勝負方式だろうと！」

とバチバチ火花を散らす二人。

盛り上がってまいりました。

しかし飲み師勝負って、一体どんな勝負なのだろう？

「ぬぅ……!?　飲み師勝負ですか……!?」

「知っているのかベレナ!?」

なんか解説ポジションが定着していませんキミ？

「聞いたことがあります。酒飲みにとって、どれだけ通ぶれるかがグレードなのだと。食べ物に通じ、お酒に通じ、それらをもっとも美しく飲食できる者が飲み屋では尊敬される」

そうした者を畏敬を込めて、こう呼ぶ……。

……飲み師と！

「シャクスさんとサミジュラさんの二人は、それぞれの飲み師としての格式を競い合うんです！　居酒屋ギルドのマスターであるサミジュラさんは当然のことながら大酒飲み！　対するシャクスさんも商会長として、様々な会食パーティに出席して広い見識をお持ちのはず！」

その二人が、自分たちがこれまで積んできた経験と知識を披露しあうというわけか!?

まさに大食い早食いとは真逆の、大人の貫禄《かんろく》で競い合う!?

……とは言っても具体的に何をするか、本当に予想がつかないんだけど？

「いやぁ、先ほどの剣幕恐れ入りました！　ウチの若い衆がバカをやったこととはいえ、旦那の威勢のいい様を見れたのは収穫でしたなあ！」

「はあ、俺も大人げなかったです……！」

そしてギルドマスターのサミジュラさんはなんか俺に絡んできてるし。

「シャクスさんがやたらと持ち上げてますから、聖者様の重要性を自然と察しとったんじゃないですかね？　商売人はそういう嗅覚ホント凄《すご》いですし」

ベレナ。

キミの解説役っぷりも堂に入ってるよ。一時期無個性で悩んでいたのがウソのようだ。

「生意気なシャクスを叩《たた》きのめしたら、是非アナタとの商談も進めたいですなあ！　勝負の間、前向きに検討しておいてください！」

「はあ……!?」

本当ガツガツ来るなこの人？

それこそワンマン社長的な……!?

「居酒屋ギルドの現マスターは叩き上げの苦労人……！」

あっ、バッカス……!?

事態の中心にいるヤツだというのに気配を消して!?

「魔都でのギルドは、同業者たちが寄り集まった相互扶助会。その代表たるギルドマスターもまた同時に経営者でもあり、自分の店を切り盛りしている……!?」

「じゃあ、あのサミジュラさんも？」

「魔都最大の大衆酒場『内気なバッカス亭』を経営し、それだけでなく他二店舗も同時運営するやり手だそうだ。だからこそギルドマスターに抜擢《ばってき》されたんだろうがな」

店名に名前使われとる？

さすが酒の神？

「そんな大物経営者も、最初は酒場の丁稚《でっち》奉公《ぼうこう》からスタートし、頂点までのし上がった。魔都に商売人は多いが、徒手空拳からあそこまで出世したのは彼をおいて他にはおるまい。……たった一人を除いて」

「酒の神にそこまで知っていただいているとは。酒の仕事に携わる者として冥利に尽きますなあ！」

サミジュラさん、カラカラと笑ってバッカスの肩を摑《つか》む。

「オレだってまだまだ商売人としての野心がある！　アナタの作った酒を自分の経営する店に並べたい！　もし勝負に勝ったら前向きに検討してくださらんか⁉」

「すべては勝負の結果ばっかっす！」

そして勝負が始まった。

シャクスさんとサミジュラさん、二人並んでバッカスおでん屋のカウンター席に座る。

同じ方向に並び座りつつ、しかし両者の間にはバチバチと火花散る。

「でも本当に……、一体どんな勝負をするんだ？」

俺が当惑の極みに達していると、さっそく動きがあった。

先手を打ったのは商会長のシャクスさんだ。

「ご主人……」

キラリと目を光らせ……!?

「大根を」

普通に注文した!?

これの一体どこが勝負なの!? フツーにおでん食ってるだけじゃ!?

「大根……!? さすが商会長、手堅いスタートを切りましたね……!!」

ベレナがなんか言う!?

キミも解説役として手堅くやってるね!?

「大根こそ、おでんにおいてもっとも基本となるタネ! 素材をただ輪切りにして煮るだけという単純さ! だからこそお店特有の味が反映される! おでんを煮込むスープがもっとも染み込み、その味が隠しようもなくさらけ出される! スープこそおでんの命なれば! それをたしかめるためにも大根は至上の第一手!!」

飲み師対決ってそういうことか!?

たしかにいるいる、飲み屋に行って注文の仕方とか食べる順番とかで通ぶる人が。

そういうことをしてより通ぶれた方の勝ちという勝負か!?

凄くはあるけど面倒くさそう!?

「シャクスさん、初手はまず成功というべきでしょう。……それに対してサミジュラさん、先手を許した彼はどう出るか……!?」

そしてベレナの実況よ。

周りが煩《うるさ》い中、沈黙を守っていた居酒屋ギルドのマスターはついに動く。

「……焼酎、お湯割りで」

「「「「これは――――ッッ!?」」」」

ベレナ含め、周囲が騒ぎ出す。

「し、しまった……!?」

それだけでなくシャクスさんまで？

「ぬかったなシャクスよ。お前は決定的に初手をミスした」

「そ、そうです。手堅い先手と言ったのは大きな間違いでした」

ベレナまでワナワナと震えている？

一体何なのキミら!?

「初手大根は、たしかにおでん食いとしては手堅い上策。しかしそれはおでんを食べることのみに目標を絞っている！　しかし、ここは居酒屋！　お酒を飲むところでもある！　そこでまずお酒を頼まずしてどうするかってことです！」

「ベレナ落ち着いて!?」

「シャクスさんは、おでんの素晴らしさに目が向くあまり、居酒屋でお酒を蔑《ないがし》ろにしてしまった！　しかも酒の神たるバッカス様の前で！　これは大失点ですよ!?」

それに対してサミジュラさんは一番最初にお酒をオーダー。

さすが本職居酒屋というべきか、居酒屋での食い方飲み方をよく心得ている。

でもなんだこれ？

「酒と一緒に食べてこそおでんはより美味《おい》しくなる。少なくとも居酒屋では。そのことを忘れ視野を狭めるとは商会長、格を落としたな？」

なんだこれ!?

「勝負の第一局面は、サミジュラさんが居酒屋ギルドマスターとしての本分でリードを得ました。お酒のチョイスは焼酎お湯割り。水でなくお湯であるところが、芯まで温まろうとするおでんの主題に沿って高得点です」

すっかり実況上手なベレナ。

バッカスのおでん屋で繰り広げられる勝負は、ちょっと俺には理解できない領域に入ってしまっている。

「それに対し、居酒屋でうっかり酒より先に料理を頼んでしまったシャクスさん、慌ててお酒を注文しましたが精彩を欠いた印象は否めません。しかも頼んだのは同じく焼酎のお湯割り。最適解とはいえ相手と同じ品ということで後塵《こうじん》を拝しています」

ホントに実況。

「ここで聖者様は、両者の第一手をどう評価しますか？」

「は、ハイボールでもいいんじゃないですかね？」

それよりも俺を解説ポジションに据えるのやめろ。

「続く第二手が始まりました。シャクスさんが注文したのは……玉子、こんにゃく、ガンモドキ！基本を押さえたチョイスです」

「シャクスさんは基本手堅くいくな」

やはり大資本の長《おさ》という立場から、発想が堅実なのか？

それに対してサミジュラさんは……？

「はんぺん」

「!?」

「……それから、ちくわぶ」

ざわざわざわざわざわざわざわざわッッ!!

ギャラリーが騒めく。

「これはサミジュラさん！　第二局面から大きく勝負に出ました！　はんぺんもちくわぶも、好き嫌いが分かれるおでんダネ！　それをあえて頼むことで、よりおでん通を狙うのか!?　ちなみに私は大好きです、ちくわぶ！」

ベレナ個人の主張が炸裂《さくれつ》した。

しかし好き嫌いの分かれるものを『好き』と言えるのは、たしかに通っぽい。

これは大きな加点となるか？

「ぐぬぬぬ……ッ!?」

何より対戦者のシャクスさんが圧倒されている。

相手の注文ぶりに感心するがために動きが止まってしまった。その隙を突くように、サミジュラさんさらに攻め立てる!?

「ロールキャベツとソーセージ！」

「それは……ッ!?」

おでん界、異端の新生児!?

海を渡ってやってきた横文字ネーミングのハイカラなヤツら。

一見伝統を蔑《ないがし》ろにする野蛮とも思えるが、思考を硬化させずなんでも受け入れるのもおでんの深さ。

おでんの許容能力を信じて打ち出した注文は、勇気の注文。

ここでまたサミジュラさん、飲み師としての男を上げた！

「ぐぬぬぬ……!?」

「どうした商会長、箸が止まってるぜ？」

もはやワンサイドゲームの様相を呈してきた。

そんなサミジュラさんがシャクスさんに語り掛ける。

「テメエも変わっちまったなあ。昔のお前はもっと冒険的だったぜ。そうやって基本ばかりを抑えて小さくまとまっちまう男じゃなかった」

お湯割りをチビチビ飲みながら言う。

「立ち場が安定して守りに入るようになったか？　しかし勝負しない商売人なんて先が知れるぜ？このままお前が居座るようなら商会の未来は暗いな。……大将、焼酎おかわり」

「へい」

これは絶妙のタイミングでのおかわりだ！

しかも酒飲みらしく面倒くさい説教も交えて。これもまた加点対象になるのか？

サミジュラさんの酒飲み理解が深すぎて居酒屋ギルドマスターの面目躍如だ。

「……しかし、さっきからサミジュラさんの口ぶりおかしいな？　シャクスさんに対して」

昔はああだったとか、こうだったとか。

実に酒飲みらしい面倒な絡み方だが、そういうのは昔馴染《むかしなじ》みで互いを知っている者同士でないと出てこない。

「……現商会長のシャクスも、元々はある酒場の丁稚《でっち》奉公《ぼうこう》からスタートした。彼がまだ十代だった頃の話」

えッ？

バッカスがなんか語りだした？

「幼い時から明敏で、メキメキ頭角を現し、重要な仕事を任されるようになった。その才覚が商会の目に留まりヘッドハンティングを受けて移籍。商会でも出世して商会長にまでなった筋金入りの成り上がり。それが彼だ」

「バッカス様、ご存じで？　私の経歴を……!?」

「酒場のオヤジをやっていると、色んな噂話《うわさばなし》が舞い込んでばっかっす！」

シャクスさんって、生まれながらの上流階級かと思ったら、そんな苦労を重ねてきた人だったのか……？

「ん？　でも酒場で丁稚奉公してたってことは……？」

「その通り、オレと同じ酒場さ……」

サミジュラさんがロールキャベツを食べながら言った。

「オレが一年先輩だったが、その程度の差なんて感じさせないほどコイツの呑《の》み込みは早かった。後輩に使われるようになったら堪《たま》らねえとオレも必死で仕事を覚えたもんだ。将来はオレとコイツとで店長の座をかけて競い合うもんだと思っていたがな……」

酒を一口、舐《な》めるように飲んで……。

「まさか商会なんぞに移っちまうとはな。裏切られたって気がしたぜオレは。そのままオレは店に残り、店長にまで出世した。併せて複数の店も持ち、ギルドマスターにもなった。ま、それでも商会長にまでなったお前に比べればお山の大将だがよ」

「吾輩《わがはい》だって偉くなりました。偉くなるために必死で働いた……！」

ドン、と大きな音が鳴ったのは空になったグラスの底でテーブルを叩《たた》いたからだ。

シャクスさんが荒れている!?

「吾輩は出世したかった！　どこまでも出世したかった！　上に行くことこそ幸福に繋《つな》がると信じたからだ!!」

「だから商会に行ったのか？　より上を目指して？」

「そうです！　アナタだってそうでしょう！　店主だけでは飽き足らず居酒屋ギルドのマスターに！　誰もが偉くなりたいんです！　下層で貧しいのはゴメンです！　丁稚奉公を始めたばかり、

半人前でサンバラ芋しか食べさせてもらえなかったあの頃に戻りたいですか!?」

サンバラ芋?

なんぞそれ?

「魔国でもっともポピュラーな農作物の一つですね。気候の変化に強いし痩せ地でも育つというんでたくさん栽培されてます。その分安くて、貧しい食卓には欠かせない食材なんだそうです」

ジャガイモみたいなものかな?

「上役に叩かれながら働き、ボロボロになって夜に食うサンバラ芋のモソモソとした食感! あの芋の不味《まず》さが吾輩をここまで登らせた! あんな生活を一生続けるなんて真っ平だと!」

「サンバラ芋か……、たしかに不味かったなあ。オレとお前が奉公に上がった時の上役が本当に嫌なヤツでよ。食わしてもらえるのがあの芋だけで……、泣きながら食ってたなあ。おかげで芋が塩味になってよ……!」

「唯一の救いでしたよ。塩味でも、味がなきゃ飲み込めませんでしたから……!」

なんかしんみりした話になっている……!?

「サンバラ芋なんて二度と味わいたくない! だから吾輩は商会で儲《もう》け続ける! そのためにもこんなところで負けられない!……主人!」

「へイ」

「こんにゃく! がんもどき! なると!」

そ、そのチョイスは!?

おでん界にとって伝説の、チ○太おでんの組み合わせではないか!?

その三品を串に刺して完成する△○□の造形美は神の黄金比率！　異世界人であるシャクスさんが、その知識を持ち合わせているわけがないが……!?

センスでこの形を手繰《たぐ》り寄せたというのか!?

周囲も、このセンスに驚愕《きようがく》して揺れ動いている。

サミジュラさんに押されっ放しのシャクスさんだったが、これで巻き返したと言えよう。

勝負はわからなくなってきた……！

「やるじゃねえかシャクス。昔のギラギラした顔つきが戻ってきたぜ。昔話した甲斐《かい》があったな？」

「そちらこそ、いつまでも先輩面していては足をすくわれますよ？」

ライバル同士が火花を散らす!?

勝負は佳境に入ったか……!?

「では最後に、私から出す一品を召し上がってばっかっす！」

店主のバッカスからメニューを指定だと？

「面白い、大将お勧めの品をどう食すかで競い合うんだな？」

「相当な自信の一品と見ました。商会長の名に懸けて存分に味わってみせましょう」

意気込みたっぷりの二人の前に出されたのは……。

おでんのつゆをたっぷりに吸い込んだ……、芋!?

「「何ぃッ!?」」

たしかにおでんダネでジャガイモはありだ。

しかし荷崩れしやすく難しいタネで。当初はメニューに入れていなかったはず。

バッカス俺の知らないうちに研究したのか？

「ふざけないでください！」

シャクスさんが立ち上がって抗議する。

「これはサンバラ芋じゃないですか！」

「えッ？　これが？」

さっきの思い出話に出てきていたサンバラ芋？

「よりにもよって吾輩たちにサンバラ芋を！　さっきの昔話をアナタだって聞いていたでしょう店主！」

「はい、その上で召し上がっていただきたい」

「何と無礼な！」

シャクスさんやサミジュラさんにとって、その芋は辛《つら》い下積み時代の象徴。

嫌な思い出をわざわざ想起させる、嫌がらせのような行為にバッカスの真意は？

「いやシャクス、食ってみろよこの芋を……!?　全然違う!?」

「えッ!?」

昔馴染みに促され、シャクスさんも渋々ながら芋に齧《かじ》りつく。

その瞬間カッと目を見開き……!?

「つゆが染み込んで何と美味《おい》しい……!?」

「バッカス神が腕によりをかけて仕込んだスープ。そんなのが染み込めば美味《うま》いはずだぜ。たとえ嫌な思い出が詰まりに詰まった芋でもさ……」

「いやそれどころか……、芋に詰まった嫌な思い出をおでんつゆが優しく包み込むかのようです……!? こんなにも美味しかったのですね、この芋……!?」

「ああ、そしてあの頃も、嫌な思い出ばかりじゃなかった。辛くても一緒に励む仲間がいたからな。一年遅れてお前が入ってこなかったら絶対挫《くじ》けて逃げてたよ」

「私だって……、嫌な上役からいつもアナタが庇《かば》ってくれた。一年上の先輩というだけで……! そうですね、この芋が思い出させてくれた。辛いけど、いい思い出もあったって……!」

「このおでん芋が……!」

年を重ね、すっかり大成した少年たちが、ガッシリと握手し合った。

目から涙を流していた。

「あの時の御恩《ごおん》を返すためにも、是非とも一緒にやらせてくださいませんか? 商会と居酒屋ギルドで協力し、バッカス様のおでんを身分上下に関係なく広めたい」

「そうだな、今日俺とお前が味わったこんな感動を皆にも……! 何だってできるさ、オレとお前が組めば何だって……!」

「あの日のように……!!」

周囲から拍手喝さいが巻き起こった。

同じ場所から出発し、それぞれの道を窮《きわ》めた男たちの和解を祝して。

これで居酒屋ギルドと商会の対立も解消し、めでたしめでたしとなった。

バッカスは、最初からこうなることを狙って勝負を持ちかけたのか？

酒場の店主をやって噂話をよく仕入れると言っていたが、二人の経歴を知って和解させるために芋を用意していた？

数千年を生きた神ならばやりそうな心配りではあるが……！

またグルメ漫画みたいな話の締め方にしやがって!?

バッカスの居酒屋も無事安泰なようで、俺も様子見を終えて農場へ戻る。

帰ってくるなりプラティからおねだりされた。

「世界樹を生やして旦那様!?」

「うん？」

また強烈なおねだりだった。

っていうか世界樹？

「……を生やせって？　農場に？」

「そうよ！」

もはやおねだりを越えて無茶ぶりだった。

世界樹ってそんな簡単に生えてくるものだっけ？

世界の始まりから既に聳《そび》え立っているイメージなんだが？

「それはやっぱり……、青汁から派生して？」

「そうよ！　今や世界樹の葉は、このアタシのオリジナル青汁に欠かせない素材なのよ！」

なんか釈然としない。

世界樹の葉は、場合によっては最高クラスの回復アイテムで死人を蘇《よみがえ》らせることすら可能なのに、それを青汁にしちゃっていいの？

『不味《まず》い、もう一杯』とか言って『もう一杯飲んでいいの!?』ってなってしまう。

豪勢すぎる健康食品、世界樹の葉入り青汁。

プラティ作製の品が魔都では飛ぶように売れているらしい。

万病に効くから。

それも致し方ないか。だって世界樹の葉だもの。

「でもホラ、今のところ世界樹の葉って商会を通して仕入れてるじゃない？　だから経費がかさんでお高くなっちゃうのよねー」

ちなみに青汁売って得た利益はジュニアの養育費として貯蓄されている。

我が子を立派に育て上げるためのお金だった。

「しかしね……、商会を通して青汁を売りさばいていて思ったの」

「何です？」

「このままでいいのかって。私の作った青汁を飲んで、多くの人が健康になっているわ。でも世界樹の葉を仕入れてる分経費がかさみ、その分値段もお高くなって、一部の余裕ある人しか青汁を飲めない……！」

世界樹の葉仕入れ費がネックになって、そんなに値段上がっちゃってるの？

え？　これが今の世界樹入り青汁の価格？

めっちゃ高いや。

これだけのお金があれば、バッカスのおでん屋で豪遊できる。

俺も魔都に行き来することが多くなって、あっちの価格相場がわかってきたんだ。

「この価格の八割が、世界樹の葉の仕入れ費として上乗せされているわ……！」

「すげえ」

「農場で世界樹を育てて、その葉っぱを収穫できたら青汁の価格を半額以下にできるのよー！　ねー、いいでしょ旦那様！　世界樹を生やして旦那様！　より多く人々に青汁をお届けするために！　世界の健康のために！」

プラティが謎の使命感に目覚めてしまっていた。

彼女の優しい気持ちに応えたいが、それ以前にいかんともしがたい問題がある。

「簡単に世界樹生やしてって言うけどさ……」

実際可能なんですかねそんなこと？

世界樹ってアレでしょう？　滅茶苦茶《めちゃくちゃ》貴重なんでしょう？

基本的に世界に二つとない系のカテゴリに入っているものとイメージしている。

「そんな気軽にすね毛かなんかみたいに生えてくるものなの世界樹って？」

「大丈夫！　できるわよ旦那様なら！」

妻からの信頼感が途轍《とてつ》もない。

「今まで旦那様は、不可能と思われていたことをいくつも成し遂げてきたわ！　だから大丈夫！　今回もきっとできるわよ！」

プラティはそう言うけど、可能にしようと思って挑んだ不可能って実は今まで一個もないんだよな。

気づいたら不可能が可能になってたというか。

だから最初から欲目をもって当たると却《かえ》って失敗しそうで怖い。

しかし、期待の眼差《まなざ》しで見つめてくるプラティを無碍《むげ》にもできず……。

「わかった、やってみよう」

「わーい！」

……結局、根負けしてしまった。

しかしまあ、世界樹を芽吹かせ、育て、葉っぱを収穫できるぐらいにまで成長させると、これもまた一種の農作業と言える。

料理の新作とかはよく作っていたが、純粋な農作業で新たな試みは久々なので腕が鳴るものよ。

「では、どうやって世界樹を栽培しようか？」

そもそも世界樹を芽吹かせ育てるんだったら、何よりまず世界樹の元になる何かがいるだろう。

世界樹の種とか、苗木とか。

そんな物あればの話だけど。あるとしてそんなのどこから貰《もら》って来ればいいんだ？

「旦那様の力があるじゃない。あれでバーッと生やせないの？」

プラティがあっけらかんと言う。

彼女が期待しているのはアレだろう。俺の手に宿る『至高の担い手』という能力のことだろう。

神様からの贈り物であるこの能力は、触れた者の潜在能力を百パーセント以上引き出すこと。

そのデタラメすぎる効果で剣を握れば剣聖になり、包丁や鍋など調理器具を握れば料理鉄人となれる。

それだけに留《とど》まらず、土に触れたら土壌のポテンシャルを最大以上にし、蒔《ま》いてもいない種を芽吹かせて、農作物を栽培することも可能だった。

俺が異世界で農場生活を続けられているのもすべて、この能力のおかげだと言っていい。

プラティもその力をアテにしていて、『至高の担い手』でゼロから世界樹を芽吹かせようと狙っているのだろう。

他にいい手も思い浮かばないので試しにやってみた。

しかし無理だった。

いつもだったら地面に触ったら感じ取れる、土に命の宿った手ごたえが感じられない。

いくら土壌のポテンシャルを最大以上引き出す『至高の担い手』でも、世界樹を芽吹かせるだけのポテンシャルまで届かなかったか……!?

「さすがに世界樹は、他の農作物とは比べ物にならないな……！」

「じゃあ別の方法を考えないといけないってわけね？」

さすがプラティ。

一度ぐらい思い通りにいかなかったぐらいじゃビクともせず、すぐさま次に手段を講じる。

俺も何やら考えてみるか。

しかし完全なゼロから世界樹を栽培するのはさすがに無理であろう。それはもう認めなければ。

せめて何か少しでもとっかかりがあればなあ。

それを元に世界樹を芽吹かせて、育成し……、そう上手《うま》くはいかないか。

「とっかかりになりそうなものはあるわ」

とプラティ。

そうか、既に彼女の手元には、遠く世界のどこかにあるオリジナル世界樹からもぎ取ってきた葉っぱがある。

「世界樹の葉よ！」

青汁の原料にするためにパンデモニウム商会を通じて買い取ったものだ。

「この世界樹の葉を元にして培養し、いずれは世界樹本体を……、って無理だよ」

さすがに無理だよ。

種とか、幹とか、せめて小枝ぐらいなら別の樹木に接ぎ木して育成……とかも期待できるけど。

さすがに葉っぱは、人間でたとえれば髪の毛みたいなもので、伸びたらあとは散るだけのもの。

「葉っぱから培養なんて到底無理だろう？」

「どうかしら？　旦那様は覚えてない、ゾス・サイラを？」

「んー？」

ゾス・サイラといえば六魔女の一人で、とりわけ凶悪な魔法薬使いだ。

専攻はホムンクルスの製作で、自然の理《ことわり》から離れた人工生命体を魔法薬で作り出す。

さすがにあんな濃いキャラを忘れるわけがないが、何故《なぜ》このタイミングで彼女の名を？

「アタシも共同研究で、彼女の技を多少は盗むことができたのよね。いつも旦那様に頼ってばかりも悪いから、今回はアタシの手で行けるところまで行ってみることにしたわ」

「というと？」

「ゾス・サイラの研究を応用して、世界樹の葉を素体にして世界樹の遺伝子を抽出することに成功したわ！　これを元に、ホムンクルス世界樹を作製するのよ！」

「ホムンクルス世界樹!?」

また倫理的に問題ありそうなワードを!?

大丈夫なのそれ!?　禁忌に触れてない!?

「ずっと前にホムンクルス馬を生み出したこともあるし今さらでしょう？　問題は、抽出した世界樹の遺伝子を何とかかけ合わせるかね。さすがに遺伝子だけじゃ大きく育ちようがないし、宿主というべき合成相手が必要だわ」

ということで俺たちの次の行動は、その合成相手とやらを見つけ出すことだった。

掛け合わせるんならやっぱり木がいいということで、ダンジョン果樹園に入って相性のいい木を探す。

樹霊たちの協力でスムーズに選別が行われ、もっとも世界樹に合成させやすい樹木が決定した。

それは桜の木だった。

「またとんでもないものを生み出してしまった……!?」

桜の苗木に、世界樹の遺伝子を注入。

俺の『至高の担い手』で、異なる二つの遺伝子を定着させつつ、農場の空き地に植えて、成長を見守る。

元は樹木だしダンジョン果樹園で育成しようかと思ったが、そこに住み着く樹霊たちから『世界樹は想像を超えて大きくなるから広い敷地で育てて!』とアドバイスを貰《もら》った。

『でないと我々が、世界樹の成長に巻き込まれて死に絶えます!』とも。

やっぱり世界樹というのは規格外なんだなあと思いつつ、充分に開けたスペースで育ててみる。

プラティ自慢のハイパー魚肥を与えて、成長加速。

数日のうちに普通の桜と変わらない大きさにまで成長した。

「本当に何でも揃《そろ》ってるなウチは……!?」

本来世界に二つとないはずの世界樹を生み出す技術とか。

その成長を格段に早める手段とか。

しかも、それらはほとんどプラティ一人で用意したもの。

『世界樹生やして』とお願いされたものの、俺はただ隣で見守るだけだったな。

「旦那様が能力で手伝ってくれたから合成世界樹が完成したのよ。アタシの技術じゃ本家ゾス・サイラには及ばないから、とても単独じゃここまでできなかったわ」

プラティが言う。

「それに合成世界樹を育てるスペースを用意してくれたのも旦那様だしね。そこは農場の主に無許可で進めるわけにはいかないから、許してくれて助かったわ。さすがアタシの旦那様」

「いやいやいやいやいやいやいや……!?」

そんな唐突に素直になられると照れますぞい。

世界樹の因子を得た桜の木は、一旦満開に花開かせ、輝くように咲き誇ったあと全部散らせて、次に青々とした葉っぱが生い茂った。

「花びらの掃除が大変すぎる!」

となったものの、満開の間は農場住人たちの目を引き、花見なども開かれた。

季節感まるでないなと思ったけど愉快だった。

しかし、究極の目的は花の方じゃない。

花が散ったあとに茂る葉っぱだ。

世界樹と合成して生み出された桜の木。それから生い茂った葉っぱが世界樹の葉と同じ効能を持てば、優れた回復アイテムとなる。

プラティも、オリジナル青汁の材料を百パーセント自前で用意できるわけだった。

さあ早速、世界桜樹から何枚かの葉っぱを採取し、実験してみよう。

試す相手には事欠かない。

農場の一角では今日も若者たちが、学んで鍛えて切磋《せっさ》琢磨《たくま》を繰り返していた。

人族、魔族、人魚族の留学生たちだ。

実戦形式の訓練なので、当然ながら怪我人《けがにん》も出る。

治療が大変だから出来るだけ抑えてくれと医務担当のガラ・ルファが悲鳴を上げていたが。

「今日はアタシが代わって治療してあげるわ！」

「「「いえ、いいです」」」

訓練中に怪我した留学生たちは、にべもなくプラティの提案を拒否するのだった。

まあ、怪我といっても擦り傷切り傷ねん挫など、軽い怪我ばかりなのでご心配なく。

しかしプラティからの治療だけは断固拒否。

「普段そんなことしないプラティ様が、どういう風の吹き回し!?」

「絶対に怪しい！　魔女に『親切』という言葉はないと、既に学んでおりますので！」

若者たちもすっかり農場での生き方が身についておるの。

「小賢《こざか》しい！　黙って実験台になりなさい！」

「実験台って言った!?」

逃げ惑う若者たち。

追うプラティ。

訓練を積んだ彼らの動きも素早いが、それでもプラティは振り切れない。あえなく取り押さえられ、すり下ろした世界樹の葉（合成物）を無理やり塗布。

　すると……!?

「おおーッ!?　傷が一瞬にして塞がった!?　あとすらなく綺麗《きれい》に!?」

「モンスターとかで動物実験は済ませてあるから怯《おび》えなくていいのよ！……人体にも影響なしで、品質は上々。オリジナルと比較しても遜色なしね」

　プラティから太鼓判を貰えた。

　これで、この合成世界樹の葉を使えば外部からの供給に頼らずプラティオリジナル配合青汁が作れるというわけだ。

　よかったなプラティ。

　さて、実を言うと途中から、俺は俺で考えていることがあった。

　それを是非とも実行に移したい。

「プラティ、葉っぱ何枚か貰っていい？」

「合成世界樹の？　もちろん。農場にあるものは旦那様のものなんだから許可なんていらないわ」

　ありがたいお言葉だ。

　プラティに断りを入れて葉っぱ数枚ゲット。

　この葉っぱは、世界樹の葉であるが同時に桜の葉でもある。

　桜の木をベースにして、世界樹の遺伝子を合成させたホムンクルス世界樹ゆえ。

　なんだかややこしいが、この葉っぱをまず水で洗い、熱湯に晒《さら》す。水気を切ってから塩をまぶし、両手で挟んで『至高の担い手』発動。

そして完成。

「桜の葉の塩漬け！」

一瞬で完成した。

本当なら塩に漬け込んで一年くらいは待たないといけないのを『至高の担い手』で超短縮。

本当に便利な能力だ。

桜の葉は完成したが、まだ真の完成ではない。

そのためにまず一旦桜の葉から離れて……。

もち米を取り出す。

食紅で色付けしたもち米を蒸す。蒸し上げたもち米であんこを包み、さらに桜の葉で包むと……。

……何ができたと思う？

「桜餅だ!!」

ピンク色に輝くもち米の宝石！　それを桜の葉で包んだ風雅なるお菓子！

プラティが葉っぱ採取してる時から気になってたんだよな。

そして作りたくなった。

よりにもよって世界樹の遺伝子が桜と合成しちゃったから。

そして桜の葉と言えば桜餅じゃないか！

「あら旦那様？　葉っぱなんて何に使うのかと思ったら、お菓子にしたの？」

早速プラティが寄ってきた。

ジュニアを抱きかかえながら。

「何これお団子？……を葉っぱで包んで美味《おい》しそうね？　いただきまーす。あむ。美味しい！」

とりあえず美味しいをいただきました。

「中に入ってるあんこがとっても甘くて美味しいわ！　葉っぱの塩味がアクセントになってより甘く感じる。歯ごたえも葉っぱのシャキシャキとお餅のモチモチが好対照だし、とってもいいわ旦那様！」

大好評でよかった。

まあ女の子相手ならあんこの甘さで鉄板なのであるが、負けず劣らず桜の葉っぱについても言及があったのが嬉《うれ》しい。

人によっては桜餅の葉っぱも食べないからな。

「ああ、でもこれ世界樹の葉なのよね？　高級品を素材に使って何とも贅沢《ぜいたく》……！　ッ!?　ふぉおおおおおおおおおッッ!?」

次の瞬間だった。

プラティがいきなり輝きだした!?

全身から黄金色の光を放ち、あからさまにパワーアップしている感じ!?

シュインシュイン音が聞こえるような!?

「何なのこれはあああああッ!?　体の奥底から力が湧き起こるううううううッッ!?」

母親に抱かれお昼寝していたジュニアも、唐突な異変に驚き起きて『えッ!? 何ッ!? 母上が光っている!?』という表情をしている。

「これはもしやあああああッッ!? お餅を包む葉っぱの効果ああああッ!? 世界樹の葉が、お餅やあんこと混ざって予想以上の効果をおおおおおッ!?」

そうか。

桜餅に使った桜の葉は、同時に世界樹の葉でもあった。

いかなる傷も難病も治癒してしまうスーパー薬草、世界樹の葉の効果がこんな形で現れるなんて!?

そして大混乱の現場へ、ヴィールが現れる。

「おらー、おれ様の美味《うま》いもののセンサーがビンビン反応したのだー！ ご主人様がまた新作料理を拵《こしら》えたなー？ おれにも食わせろー！」

相変わらず新作料理を作ると即座に気づくヴィールだが、光り輝くプラティを一目見て……。

「おれの勘違いだったのだ。帰るのだ！」

すぐさま去っていった。

アイツもドラゴンのくせに危機回避本能が磨かれてきたな……？

「んおおおおおッッ！ 旦那様！ こんなに効き目抜群の薬効を持って、しかも美味しい世界樹お菓子を作り上げてしまうなんて！ アタシの青汁に対抗する気ね！ 効き目抜群の上に美味しいなんてズルいわッ!!」

まったく予想外の成果だったんだが!?

俺の作製した異世界桜餅は、想像を超えた効果を発揮し、食した者のあらゆる不健康を取り除いてパワーアップさせるようだ。

さすが世界樹の葉。

……と思ったけど、これまで納豆とかラーメンでも同様の現象が起こったし。

まあいつものことか。

エルフ王国の安泰

わらわの名はエルフエルフ・エルフリーデ・エルデュポン・エルトエルス・エルカトル・エルザ・エルゼ・エルヴィーラ・エルマントス・エルカトル・エルーゼ・エルフエルフ・ミカエル・ウリエル・ガブリエル・アリエル・アリエナイ・ラファエル・エル・エルファント。

我らエルフ族にとって神聖なる記号『エル』を二十二もその名に刻むことが許された至高のエルフである。

当然ながらハイエルフじゃ。

その名に相応《ふさわ》しく在所の森では長《おさ》と崇《あが》められ、別名『エルフ王』とまで称されておる。

わらわが治めるエルフ集落は、それこそ『王国』と呼ぶに相応しい規模、そして文化水準を持つ。

かつて人間国と呼ばれた地域では、森が枯れ、衰退しているように見えるエルフじゃが、それは『あちら』に限った話。

いわゆる魔国側にあるエルフ集落は、かつてない繁栄を見せておるのじゃ。

その中でも特にわらわが治める集落は隆盛衰えることがない。

何故《なぜ》かというと、わらわの治める集落には世界にたった一つ、世界樹が聳《そび》え立っておるからじゃ。

世界樹。

それは数限りなく存在する樹木の中でもっとも巨大、もっとも力強く、そしてもっとも尊い樹《き》。

世界の始まりから存在すると言われ、樹齢は数千、数万年ともいわれておるわ。

とにかく神聖な木で、ただ立っておるだけで清浄なる気を周囲に広げ、汚れを消し去り、生命に活力を与える。

お陰で世界樹の周囲にある森は、常に健やかで病むことがない。少なくともここ数百年、森の一部が枯れたりしたこともない。

人間国の森とは大違いじゃ。

それもこれも森の中心に立つ世界樹のおかげよのう。

世界樹ある限りわらわの集落、エルフ王国は安泰じゃ。

さらに世界樹が与えてくれる恩恵は他にもあるぞ。

世界樹の葉じゃ。

年に数回、世界樹に感謝を捧《ささ》げる祭りのあとに決まった枚数収穫される葉は、特別な効能を持っておる。

磨《す》り潰して患部に塗ればいかなる傷をも治癒し、また体内に摂取すれば難病を消し去り、あらゆる不調を整え、摂取者を健全体へと導く。

万能薬とは、世界樹の葉のためにある呼び名と言ってもよかろう。

そうした世界樹の葉は当然、我らエルフ族の健康を保つためにもっぱら使われるのじゃが、一部は森の外へと流れていく。

葉の効能を聞きつけた連中が欲しがっておるからじゃ。

昔は力づくで奪おうと、野盗の類が森を侵してくることもあったが、マンハンターの異名を持つ我らエルフ族の精鋭が一人も生かして帰さんかったわ。

そのうち搦《から》め手《て》で『金で取引しよう』などと言い出す者どもが出てきて、ソイツらには多額の報酬と引き換えに数枚の葉を分けてやることになった。

それがことのほか大儲《おおもう》けでのう。

本来、富など持つことのない我らエルフ族じゃが、お陰で様々な役立つものを森の外から買い入れて、ますます豊かになって安泰じゃ。

ことほど左様に、世界樹は様々な形でわらわらに恩恵を与えておるわけじゃ。

世界樹万歳！

世界樹こそ我らエルフ族最強の守護者！

こうした守護者を持つことの叶《かな》わなかった人間国側のエルフどもこそ哀れなものよ。

しかし他人の苦労など知ったことか。我らエルフ王国は世界樹の加護を受け、永久の安泰を保ち続けていくのじゃよ。

ほーっほっほっほっほっほっほッ!!

と、そんな風に思っていたのが……。

遥《はる》か昔のように思えてきた……。

＊　＊　＊

「なんじゃこれは？」

わらわの癇《かん》に障ったのは、取引で見積書を見せられた時のことじゃ。

いつものように世界樹の葉を売ってやっておる異族……何と言ったかの？

まあいい魔族の商人が、その日は随分舐《な》めた態度であったわ。

「見ての通り、今回お売りいただく世界樹の葉の代金見積もりです」

「随分安くないか。前の時の……半分ちょっと行くか行かないかぐらいの値段じゃが？」

売り払う世界樹の葉の量自体は変わりないはずじゃぞ？

なのに何故代償の金額だけが少なくなる？

「ご存じありませんでしたか。ただ今魔国では世界樹の葉の値崩れが起こっているのです」

「値崩れ!?」

そんな重要なことは最初に言わんかい！

こちとらずっと森の中に引きこもっておる分、世事には疎いんじゃぞ！

しかも何故？　何故値崩れなんぞ起こっておる!?

値崩れって言うとアレじゃろ？　モノの値段がいきなり下がって、安くなるって意味じゃろ？

神聖なる世界樹の葉が、なんで安くなっておるんじゃ？

貴重で有り難いものを買い叩《たた》こうというのか!?　罰当たりな!?

「落ち着いてください。別に理由もなく値が下がっているわけではありません」

「正当な理由があるとでもいうのか!?　世界樹の葉が安くなることに！　ありえん!!」

世界樹は、我らエルフ族が崇め奉る秘宝！

その一部である葉ですらも充分ありがたいものじゃ！

世界樹の葉が安くなるということは、価値が低くなるということでもあろう！

そんなことが許されてなるものか!!

「これまで世界樹の葉が高値で取引されていたのは、絶対数が微少であったからです。需要に対して供給があまりにも追いつかない。そういうものは値が張ってしまうのは仕方のないことです」

「そうじゃろうそうじゃろう!?　世界樹の葉は貴重なのじゃ！　おいそれと異族どもに売り払っていいものではない！」

それを、ごく僅かでも外へ売り出しているだけでもありがたいことと思わなば！

いちゃもんつけて値を下げようなんてしとるんじゃないぞ！

「しかし最近、新たな仕入れルートが開拓されまして……」

「はあ!?」

「供給が需要に追い付いてきたのです。さすれば価格も適正に寄るのが自然の流れ」

ちょっと待てどういうことじゃ!?

新たな仕入れルート!?

そんなものがあるはずなかろう!?

「世界樹は、この世界にただ一本だけじゃぞ!?　それなのにどうして余所《よそ》から世界樹の葉が出てくるんじゃ!?」

「それはまあ……、我々にも守秘義務がございますから多くは言えません。しかし多くの消費者にお求めやすい環境を整えるためにも、複数の取引先を上手《うま》く併用していきたいと考えております。これからもどうぞよしなに」

「よしなになぞできるかあ！　わらわをコケにするような相手に世界樹の葉は一枚たりとも売れぬ！　不当な値下げを解除せん限り、お前らとの取引は今後一切ないと心得よ！」

「そうですか、それでは世界樹の葉の取引とは別に、お買い上げいただこうと持参した、この陶器。ファームブランドの職人が精魂込めて仕上げた新作、銘『エルフ腹』も持って帰らねばなりませんか……」

「ちょっと待て！　それは欲しい！　よく見せてみよ！」

はああ……！

よかっぺえ……！

この土を捏《こ》ねて焼き上げた陶器の、色使いも形もなんと奥ゆかしい……！

これは買う。

買うけど葉の取引価格には納得いかないから、そっちは保留な！

「そんなわけで、世界樹の葉を売りさばくことができなかったと？　それどころか、そんなよくわかんねー陶器だけ大枚叩《はた》いて買い取ったと？」

「何じゃよ補佐エルフ？　いいじゃろー？　これはとっても素晴らしいものなんじゃよ！」

ここ最近、魔族の国で流通しだした皿やら器やらの趣が、エルフ王たるわらわのセンスにビビッと来たんじゃ！

「だからって買いすぎでしょう？　これで何枚目です？　世界樹の葉を売った儲け、大半これらにつぎ込んで。これで葉を売れなくなったらエルフ王国丸損じゃないですか!?」

そう、そこが問題なんじゃよ。

これまで世界樹の葉は何もせんでも言い値で売れて、大層な利益をもたらしてきたというのに。

その常勝パターンが崩れてしまう。

「魔族の商人どもは、新しい仕入れ先を開拓したと言っていたが、そんなことありえるのか？」

「ありません、世界に唯一だからこその世界樹でしょう？　他のものなどありえぬかと」

そうじゃのう。わらわもそう思う。

考えられるとしたら精巧なニセモノを作り出した何者かがおるっちゅーことじゃな。

「不埒《ふらち》な！　神聖なる世界樹を真似《まね》し、紛《まが》い物《もの》を作り出すなど言語道断！　世界樹を奉じるエルフとして、この悪行を見過ごすわけにはいかんぞい!!」

「ライバルを潰せば、また世界樹の葉を高値で売りさばけますものね！」

俗っぽいことを言うでないぞ補佐エルフ？

とにかく早急に調査を進め、ニセ世界樹の葉を生産する不埒者を突き止めるのじゃ！

そしてしかるべき森の制裁を与えよ！

『王国』の名を冠するエルフ集落の武力を思い知らせてやるがいい！

「御意！……しかし……⁉」

「なんじゃ補佐エルフ？」

「調査と言いましても、我らエルフ王国の者たちは森……自分たちのテリトリーの外にはとんと力が及びません。当然敵は、我々の領域外にいることでしょうから、どうしていいことやら……⁉」

ふん、そんなことか？

「わらわを見縊《みくび》るでない。わらわはエルフ王……、エルフエルフ・エルフリーデ・エルデュポン・エルトエルス・エルカトル・エルザ・エルゼ・エルヴィーラ・エルマントス・エルカトル・エルーゼ・エルフエルフ・ミカエル・ウリエル・ガブリエル・アリエル・アリエナイ・ラファエル・エル・エルファントなるぞ？」

「わざわざ名乗らなくていいです」

そうか。

「要するにわらわはエルフ王として、おぬしら下等エルフにはない様々な能力が備わっておるのじゃ」

それらを駆使すれば不埒者を炙《あぶ》り出すなど容易《たやす》いこと。

見ているがいい、速やかにニセモノ世界樹を叩き潰し、世界樹の葉を元の『ちゃんとした価格』に戻してみせよう。

そして儲けたお金で、またファームの面白い陶器をたくさん買い込むのじゃ！

俺です。

こないだ創造した合成世界樹は思いの外、大きな影響を及ぼすようになった。

もっとも大きな反応を見せたのは魔族商人のシャクスさんだ。

「是非ともこちらの世界樹の葉を！　お売りいただけませんでしょうか!?」

いや、プラティが青汁に加工したものは兼ねてから売っているじゃないですか？

素材のまま欲しい？

まあ、欲しいというならお分けしますけど、あくまでこっちの必要分から溢《あふ》れたものだけですからね？

代金？

いいですよいいですよ所詮勝手に生えてきたものですし。

この合成世界樹、桜ベースに生み出してきただけあって、冬にはきっと落葉する。

だったらケチケチせずに大盤振る舞いした方がいいというか……。

大変そうだな、落ち葉掃除するの。

世界樹の落ち葉って、効能残ってるのかな？

これからの研究課題だ。

それでも世界樹の力を持った桜の木って予想以上に扱いづらく、先日以来桜餅も怖くて再び作れていない。

まあ、プラティがあんな状態になってしまったのは、世界樹の葉の効果だけでなく手掛けた俺の『至高の担い手』による強化もあるんだろうけど……。

それでも一応、何枚かの葉っぱを採取して、今度はちゃんと正攻法で時間をかけて塩漬けにはしてある。

きっと来年には、より普通で安全な桜餅を食べられるに違いない。

そんなことを考えつつ、世界樹の葉桜を眺めていたら……。

「クックククク……！　ここが不埒者《ふらちもの》どもの隠れ家かえ？」

なんだこの声は？

どこからともなく聞こえてきた。

もはや、聞き覚えのない声がするのは農場では日常茶飯事なのでいちいち驚くことはないが、それでも警戒しないわけにはいかない。

どなたさんですか!?

「わらわは……いや、わらわたちは天罰の使者。ニセモノの世界樹を生み出し、真なる世界樹を侮辱した者に制裁を加えるべく降臨したのじゃ！」

それまで何もなかった眼前、俄《にわ》かに霞《かすみ》がかったと思ったら、その霞が晴れるとあとには集団が現れていた。

しかも物騒な。

総勢百人ほどと思える彼女らは残らず武装し、俺に対して弓引いていた。

出現者に共通することは、全員女性、肌が褐色、耳が妙に長く尖《とが》って、かつ持っている武器は弓矢。

「エルフ？」

「ほう、一目見て我らがエルフとわかるとは……、まあ当然か、世界樹のニセモノを作り出すぐらいだから当然エルフのことも見知っておるか。しかし、おぬしも触れてはならぬものに触れてしまったのう？」

「えッ!?　触れてはならないもの!?」

って一体何だろう!?

ノーライフキングの先生？　ドラゴンのヴィール？　天地海の神様たちや、天使フォルコスフォン&ソンゴクフォン？

その他にも聖唱魔法を使う先代人魚王妃シーラさんとか……？

「すみません、心当たりが多すぎてわかりません……！」

「心当たりが多すぎる!?」

とにかくこの押しかけエルフさんたち、何を怒ってのカチコミなんだろうか？

……カチコミだよな？

こうして武装の上でお越しということは？

「まあよい、ならばおぬしの罪を告げようではないか！　それは、我らエルフ王国にケンカを売ったことじゃ！」

「ええーッ!?　それこそまったく覚えがない……!?」

「我らエルフ王国の戦士団は、かつて魔王軍の侵略すらはねのけた最強精鋭。その殲滅力《せんめつりょく》によって根絶やしとなるがいい！　それが我々と敵対した報いじゃ！」

リーダーと思《おぼ》しき、のじゃ口調エルフがけしかけると、命令のままに他のエルフたちが矢を放ってきた。

「うわーッ!?」

それから約十秒後……。

……鎮圧完了した。

「よしッ！」

鎮圧までにかかった時間、十秒の内訳を見てみると……。

異変を察知した住人たちが現場に駆け付けるまでに八秒。

最初に現着したゴブリンくんが鎌を振り回して、相手の武器をすべて破壊するのに二秒。

……計十秒でございます。

そこから新たに駆けつけてきたオークゴブリン、ポチたちに取り囲まれて戦意喪失した襲撃エルフさんたちでございました。

「ごなななな……ッ!?　なんじゃ!?　何なのじゃこれは……!?」

『何なのじゃ?』と問われましても。

彼らが俺と苦楽を共にする農場の仲間たちでございます。

「何、旦那様? また変なのが来たの?」

プラティも遅れてやってくる。ジュニアを抱きかかえながら。

特に大事でもないので家でジュニアを寝かしつけといてもいいのに。

「何かエルフが来た。俺たちが彼女らにケンカ売ったって言って……!?」

「ほう、それはむしろ典型的なケンカの売り方ねえ……!」

プラティ。

瞳をギラリと光らせないで?

「あたかもこっちに非があるような言い方で、一方的に攻め立てる。そんな詭弁《きべん》が通じるアタシたちの農場じゃないわよ！　オークにゴブリンたち！　こやつらを吊《つ》るし上げなさい！　農場に逆らう者がどんな末路をたどるか知らしめるのよ！」

「「「承知！」」」

承知じゃねえ！

もちろん自衛は必要だが、過剰防衛はＮＧだぞ！

「もう少し話を聞いてあげようじゃないか！　そうだ！　彼女ら世界樹がどうとか言ってたぞ！

やっぱり俺たちにもいくらか非があるんじゃ……!?」

「その通りじゃ！」

制圧されたエルフたちの中から、さっきと同じリーダー格っぽいエルフが言う。

「言いがかりなど言いがかり！　先に危害を加えてきたのは明らかにそちらであろう！　ニセモノの世界樹の葉を流通させ、我らの本物世界樹の葉を淘汰《とうた》せんとした企み《たくら》！　すべて明白なり！」

「ええッ!?」

ニセモノ世界樹って……!?

心当たりがないではない!?

「今日のところは油断したわ！　まさかこのような防衛戦力を用意していたとは！　百騎などと小勢で仕掛けたのは失策であったと、素直に認めようではないか！」

偉そうなエルフさん、語る。

「なれば次は必勝を期して、我らエルフ王国の全軍をもって襲来してやるわ！」

「何言ってんのアンタ？　自分たちの置かれてる状況わかってる？」

プラティの言いたいこともわかる。

襲撃エルフさんたちは今やすべての武装を解除され、周囲をくまなくウチのオークやゴブリンに取り囲まれている。

これでは間をすり抜け逃げ去るなど至難の業《わざ》であり、従って帰宅も不可。

俺だって事態があやふやなまま解放するほど平和ボケしていないし……。

「くふふふ……！　忘れたか？　わらわがどうやってここへ来たか？」

あ、そういえば。

最初彼女たちは、まったく何もないところから急に現れたな？

まるで転移魔法みたいに。

まさか彼女らも転移魔法を使うのか？

「ほほほほほほ！　転移魔法が魔族の専売特許だとでも思ったかえ！　このエルフ王たるわらわには、そなたらの思いもよらぬことがたくさんできるのよ！」

エルフ王!?

なんか仰々しい名前だな!?

そんな彼女を中心に霞のようなものが起こり、それが彼女だけでなく仲間のエルフたち全体を覆う!?

「これがエルフの転移魔法!?　あの霧で次元を歪《ゆが》め、遠く離れた場所と繋《つな》げているのね!?」

「ハイエルフだけが使う自然魔法よ！　いかに武力を振るおうと、次元を隔てた遠い先までは追ってこれまい！　さらばじゃ！　また会おうぞ、我らの復讐戦《ふくしゅうせん》の準備が整うまでな！」

エルフさんは捨て台詞《ぜりふ》を残して、去っていく。

霞の中に姿を隠し……、そして霞が晴れた時……！

……まだいた。

「あれ？」

霞がなくなったというのに全然転移してなかった。

「どういうことじゃ!?　わらわの『飛仙霞《ひせんか》』はたしかに発動したというのに、何故《なぜ》次元を飛び越えておらぬ!?」

「エルフの魔法が、どれだけ凄《すご》いか知らないけれど……」

プラティが言う。

「アタシの目の前で使うべきじゃなかったわね。アタシの魔法薬で発動阻害するなんて朝飯前よ」

さすが人魚族最高の魔法薬使い！

そんなことができるなんて！

「それだけじゃないのだ。ニンゲンどもの魔法なんておれの一睨《ひとにら》みで消し去れるぞ。なんであろうともな」

ヴィールも!?

『ワシが手を下すまでもありませんでしたのう。念のために空間の歪みを抑え込む魔法作用を発動していたのですが……』

ノーライフキングの先生まで!?

「わ、私も一応対処しましたー……?」

そしてベレナ!?

ウチの農場対処できる人が多すぎない!?

むしろ対処が重なりすぎて、別の予期せぬ現象が発生しないかと心配するレベルだよ!?

エルフ王との会談

| Let's buy the land and cultivate in different world |

そんなわけで本格的に捕虜になったエルフさんたちから事情を聴いてみることにした。

どうして農場を襲って来たのか？

世界樹との関連性は？

これからの会話によって解き明かしていきたいと思う。

「それじゃあまず、お名前から伺いましょうかね？」

「よかろう！　わらわこそエルフ王国の長（おさ）！　つまりはエルフ王！　その名もエルフエルフ・エル・フリーデ・エルデュポン・エルトエルス・エルカトル・エルザ・エルゼ・エルヴィーラ・エルマントス・エルカトル・エルーゼ・エルフエルフ・ミカエル・ウリエル・ガブリエル・アリエル・アリエナイ・ラファエル・エル・エルファントである！」

「…………。」

「えッ？」

「すみません今なんて？」

「理解できんかったのか愚かな！　仕方ないもう一回名乗ってやろうエルフエルフ・エル・フリーデ・エルデュポン・エルトエルス・エルカトル・エルザ・エルゼ・エルヴィーラ・エルマントス・エルカトル・エルーゼ・エルフエルフ・ミカエル・ウリエル・ガブリエル・アリエル・アリエナ

イ・ラファエル・エル・エルファントじゃ！」

「それどこで区切ればいいんですかね？」

「区切るな！　エルフ王たるわらわの神聖な名前じゃぞ！　常にフルネームで一文字余さず唱えるがよい！」

嫌だよ。

雑然としすぎる。

これからアナタのこと呼ぶたびにエルフエルフ・エルフリーデ・エルデュポン・エルトエルス・エルカトル・エルザ・エルゼ・エルヴィーラ・エルマントス・エルカトル・エルーゼ・エルフエルフ・ミカエル・ウリエル・ガブリエル・アリエル・アリエナイ・ラファエル・エル・エルファントさんって言わなきゃいけないの？

「あの……、エルフ王と呼んであげてください」

そこへ、彼女と共に攻め込んできたエルフの一人が見かねるように言った。

「それだと唯一、名前を呼ばないでも満足するので。そもそもエルフ王という称号自体が、あの人のフルネーム呼びたくない面倒くさがりが思いついた緊急避難的な呼び名なので」

そうなんですか？

「それではエルフ王さん、改めてお聞きしますが、こちらへは何用で？」

「何度も言わすな！　そなたたちの悪行に制裁を加えるためじゃ！」

その悪行って言うのが『ニセモノ世界樹がどうたらこうたら』ということだろう。

しかし、そこから先がどうにも要領を得ない。当事者が主張するからか。他に誰か、事態を俯瞰《ふかん》的《てき》に説明してくれる者はいないかな。

「では私から解説させてもらおう」

と言って進み出てきたのはエルロン！

彼女もエルフではあるが、俺たちの仲間の農場エルフだ！

生粋の農場生まれ農場育ち！……いや農場で生まれてはいないか。

「たしかに同族のエルフなら、彼女らの事情に詳しい！　そしてこっちの陣営にいる以上俺たちにもわかりやすく嚙《か》み砕いて説明してくれるに違いない」

「まずエルフ王国についてだが、魔国側にある大きなエルフの集落だな。エルフが群れになって生活する集合体としては、世界一の規模だと聞いている」

エルロンさん説明してくれる。

第三者のコメントだけあって脚色がなくわかりやすい。

「規模が大きい第一の理由は、世界樹があることだ」

「ほう」

「世界樹は、ただ巨大なだけじゃなくて周囲に浄化された自然マナを振り撒《ま》いて森を活性化させる。だから森の民エルフにとっては世界樹の周辺こそ最上の環境なんだそうだ」

「なんかさっきから伝聞口調だね？」

「そりゃそうだ。私は人間国の森出身で、世界樹を見たことすらないからな」

そうだった。

人間国の問題で森が枯れ果て、住処《すみか》を失った彼女は仲間と共に世界中をさすらいエルフ盗賊団になった。

そして最終的にウチの農場にたどり着いて、住み込みで働くようになったのだ。

彼女も波瀾万丈《はらんばんじょう》を生きているなあ。

「世界樹ふもとに住むエルフは、その葉っぱをもいで魔族に売り払い、金儲《かねもう》けしているとも聞いたことがある。聖者はこないだ世界樹パワーを持つ桜の木を作ったろう？」

「あ、ああ……!?」

「恐らくあの葉っぱが出回って、世界樹の葉の希少性が薄れてきたんだろう。その分プレミアのついた値段も大人しめになり、利益の減ったエルフ王国がブチ切れたと……？」

なるほど。

エルロンの説明は実にわかりやすい。

さすが同じエルフとして事情に通じているだけでなく、元盗賊というキャリアから市場のことまで語れる！

「いやでも、それだったらやっぱり悪いのは完全に向こうじゃない？」

そしてプラティ再参戦。

「モノの値段を決めるのは市場原理よ。買う側と売る側、双方が納得して適正な価格が決まる。買う側が納得しなきゃ売れないし、売る側が納得しなきゃ買わせてもらえない」

「まあ、たしかに……」

「今まで希少価値があったればこそ強気になれたんでしょうけど、数が出回れば値が下がるのは当然じゃない。それを余所《よそ》の供給者に恨みをもって襲撃なんて完全な逆恨みよ！」

プラティは相変わらず正論を叩《たた》きつけてくる。

要はウチから流れていった世界樹の葉（桜）が回り回ってエルフ王国に損害を与えたということか。

世の中何がどこに影響を及ぼすかわからんな。

しかしそれでもプラティの言う通り、エルフ王国さんが困るのは市場原理が働いた結果なれば、俺たちからできることなんてない。

彼女たちのために、俺たちがこれから世界樹の葉（桜）を一切世に出さないというのも違うだろう。

万能薬である世界樹の葉の値段が下がって、助かった人たちもいることだろうし……。

「いいや！　悪いのはお前らじゃ！　ニセモノを作ったんだから!!」

「ニセモノって……!?」

さっきから繰り返しそう言ってるが、凄《すご》い決めつけだな？

「そりゃそうじゃろう!?　世界樹は世界唯一、たった一本しかないから世界樹なのじゃ!!　つまり我らエルフ王国にある世界樹だけが真！　他にあるわけがない！　あるとしたら、それはニセモノじゃあ!!」

まあ……。

そうかもしれないが……!?

「だとしたら、ニセモノを世に出すお前らは悪者以外の何者でもない！　ニセモノ世界樹の葉だって見た目が似ているだけで、実は全然効かないんではないか!?　だとしたら悪行！　正義のエルフ王国として見過ごすわけにはいかんな!!」

いつの間にか正義を背負い始めた？

エルフ王国とか名乗るからには体制気取りなのだろうか？

もちろんエルフ王さんの誤解であること間違いないのだが、それを正すのに説明するのが難しすぎる。

ウチにあるのもたしかに正真正銘の世界樹であり、しかし人魚のホムンクルス技術で誕生させた合成世界樹であり……。

遺伝子操作で別種の株と混合させ、桜の特性をも備えた世界桜樹だとか説明したって通じるだろうか!?

たとえば平安時代の人にスマホを説明するような難易度と思われる。

俺にはちょっと成し遂げられそうにない！

「エルロンッ!!」

こういう時も、やっぱり同族に頼ろう！

同じエルフであるエルロンなら、きっと心通じ合って相手を納得させてくれるに違いない!!

「いや無理」

即行で断られた!?

どうしてエルロン!? キミだけが頼りなのに!?

「エルフ族と一口に言っても、出身とか派閥とか色々絡んでややこしいんだよ……!? エルフはただでさえ排他的なんだから、所属する集落が違うってだけで他種族並みに排斥してくるんだ。私たちの故郷の森が枯れた時、他の森へ移り住めなかった理由がそれだ!!」

そんな世知辛い。

エルフ同士助け合えないんですか?

「それだけでなく、あのエルフ王はハイエルフだろう? より森と同化した上位エルフ。アイツら一般エルフを下に見てるから、説得なんて通じない。むしろ下位エルフに諭されるなんてプライドが許さないとか思うヤツだ!」

「何て面倒くさい……!?」

そういう事情なら、エルロンだけでなく農場に住んでいるすべてのエルフは説得不可能ではないか。

ましてエルフ以外の種族が諭せるとも思えず……!?

「もう根絶やしにするんじゃダメなのかご主人様?」

「ダメだぞヴィール!?」

そういうドラゴン的思想は!

あっちでジュニアと遊んで博愛の心を育んできて！

「…………………いや、一人いるかな？　あのエルフ王を説得できそうな人物が？」

エルロンが何か閃《ひらめ》いた!?

さすがエルフ！　同族事情通！　俺に妙案をお授けくだされ！

「エルフというのはな。基本自分たちが一番と思ってる種族なんだ。国力とか武力とかで負けてるとしても『自分たちは森と共に生きている』から相手より高尚と思ってしまうんだ」

「面倒くさい……!?」

「そのエルフより上位のハイエルフともなれば面倒くささもハイクラスだ。そんなハイエルフに物申せる者といえば、同じハイエルフしかいない」

「おお！　そうか！」

目には目を、ハイエルフにはハイエルフを！　ということか!?

でも待って？

俺たちの知り合いにハイエルフいた？

「いるではないか。人間国の植林事業で知り合った……、エルエルエルエルエルシー様が」

おお、そうだった！

そういえばそんな人がいた！

「エルエルシーさんか!?」

「エルエルエルエルエルシーさんでしょう？」

「いや、エルエルエルシーじゃなかったか?」

結局どれだよ?

本当に上位エルフの名前って面倒くさい。

ここで少々過去を振り返る。

エルエルエルエルシーさんは、人間国で出会ったハイエルフだ。

かつて人間国では自然が荒れ果て、エルフたちの住む森も消滅寸前まで行っていたが、それを改善するために植林事業に乗り出した。

その途中に遭遇したのがハイエルフのエルエルエルエルシーさん。

最初は衝突したが、最後には俺たちの意図を理解して、今では植林に協力してくれている。

名前が長いのでＬ４Ｃさんと省略している。

エルフ王国は魔国側にあり、Ｌ４Ｃさんの住む森は人間国側にある。

違う集落ではあるが、同じハイエルフならば話も通じるだろうと思い、お願いしてみることにした。

代表してエルロンが転移魔法で飛び、小一時間ほどして……。

「来てやったぞ。ハイエルフを呼びつけるとは傲慢じゃのう」

来てくださった！　ハイエルフのＬ４Ｃさん！

しかも、なんか突然霧がかかったと思ったら、その中から現れた。呼びに行ったエルロン共々引き連れて！

「アナタも使えたんですね、その魔法！」

「『飛仙霞《ひせんか》』はハイエルフなら誰でも使える初歩技よ。魔族どもの転移魔法はあらかじめ設置した座標へしか飛べんようじゃが。我らの転移は大きな自然マナが活動しておるところへなら大体飛べる」

へー。

「この辺りにやたら大きな自然マナの反応があることは気づいておったからの。しかも最近になって。何事かと思ったら、そなたらの仕業であったか。相変わらずやらかしとるの」

彼女とは一回会っただけなんだけど、どういう認識されてるんだろうな？

まあ、やりたい放題したままの印象か。

「出現した新しい反応って？」

「あれであろう？」

Ｌ４Ｃさんの視線を追っていくと、問題の世界桜樹に行きついた。

アレか。

「世界樹級のパワーを発しておったら、嫌でも我らハイエルフの気に留まるわ。そっちのアホも恐らくそれを辿《たど》ってここまで来たんじゃろうしの」

「その通り！」

一応まだ捕虜身分なエルフ王さんの声が轟《とどろ》いた。

「つい最近まで何もなかったところに大きな反応ができたんじゃ！　アホでも怪しいと思うものよ！　それを頼りに転移してみたら大当たり！　墓穴を掘ったの悪党め！　ほほほほほほッ！」

「ハイエルフ専用の『飛仙霞』は、世界樹くらい特殊な自然マナじゃないと目標にして飛んで行けんからの。便利なようでまったく使えん魔法じゃ」

転移できる目標が実質一つしかないってド◯クエ1のルーラか。

しかし、この農場に第二の世界樹ができたことで新たな転移目標ができてしまうとはなんと皮肉な……!?

「さて久しいの。エルフエルフ・エルフリーデ・エルデュポン・エルトエルス・エルカトル・エルザ・エルゼ・エルヴィーラ・エルマントス・エルカトル・エルーゼ・エルフエルフ・ミカエル・ウリエル・ガブリエル・アリエル・アリエナイ・ラファエル・エル・エルファント。まさか現世で再びそなたとまみえることになろうとは思ってもみんかった」

「貴様こそエルエルエルエルシー！　本拠の森共々朽ち果てるものかと思ったが、まだ生きておるとはしぶといヤツじゃ！」

なんで上位のエルフって、こんな厄介な名前ばっかりなんだろう？

「それよりもお二人、お知り合いなんですか？」

「ハイエルフなど地上に何人もおらんからの。それに上位種ともなれば自然集落の長《おさ》になるから調停で嫌でも顔を合わせることになる。特にこやつんところは世界樹を保有する集落ゆえ、有名なんじゃ」

二人とも『のじゃ』口調だし、案外気が合うのかもしれない。

「用件は既にエルロンから聞いておる。……フン、このような痴《し》れ者《もの》の説得にわらわを駆り出そうなど不遜の極みじゃ。見返りがなければ、とても引き受けられたものではなかったぞ」

　やっぱり気が合ってなさそう。

「エルエルエルエルシー見下げ果てたヤツよ！　よもやエルフの敵たる者どもに味方するとは！　朽ちた森に引きこもることでプライドまでも朽ち果てたか！」

「なんで、そなたの集落一つに敵対しただけでエルフ全体の敵になるんじゃ？　そなたは何百年も前からそうじゃな。たまたま世界樹のある集落を取りまとめているだけで頂点気取り、調子に乗ってエルフ王まで名乗るから、他の集落の長たちから嫌われておるんじゃ」

「ぬぬぬぬぬうううううッッ!?」

　なんか正論でボコり始めた。

　どうやらあの二人はああいう関係性らしい。

「しッ、しかし、ここの連中がニセモノの世界樹を持っておることは、たしか！　世界樹がエルフ族全体にとって神聖なれば、そなたとて懲罰に加わるべきじゃ！」

「そう来たか……！　なるほどたしかにわらわもエルフの一人として世界樹を敬っておる。その世界樹を侮辱する者あれば、必ず殺すであろう」

　怖い。

「そうであろう、そうであろう！　ならばともに世界樹のニセモノを作った悪党を……！」

「しかしそれは本当にニセモノなのか？」

「え？」

Ｌ４Ｃさんからの率直な問いに、エルフ王は言葉を詰まらせる。

「よく考えてみろ。わらわやそなたはどうやってここまでやってきた？　『飛仙霞』は先に言った通り、世界樹級の自然マナに向かってしか飛ぶことができん。巨大かつ清浄なマナにしかな」

「そ、それは……!?」

「そなたがここを見つけ出し、やってきたこと自体が、ここに真っ当な世界樹があるという証《あかし》ではないか？」

そういやそうだ。

エルフ王さんは、こっちをニセモノ呼ばわりしときながら、本物の世界樹にしか対応しない魔法を使って、これじゃ語るに落ちてるじゃないか？

「さらに言おう。そなたもわかっていることだろうが、わらわたちハイエルフは森の中でしか生きられん。森と共にあり、一体化しすぎたがゆえに森の木々が濾過《ろか》した清浄マナしか取り込むことができんからじゃ」

「何じゃ改めて？　そんなこと今さら言われるまでもないわ!?」

「忘れておらんかったのか？　では何故《なぜ》気づかん？　我々が今どんなに危険な場所におるかを？」

「えッ？……あッ!?」

今俺と、二人のハイエルフさん（他多数）がいるのは、農場の一角にある開けた平地。

元々耕作予定地であったので、森の木々どころか草まで刈られて生えていない。

今の二人の話が本当であれば、二人は今思いっきり森の外に出て、いわば無酸素状態なんじゃないか？

「言われてみればッ!?　うわー死ぬッ!?　なんでわらわこんなところに転移してしまったんじゃ!?」

「危険がないと判断されたからじゃろ？　そもそも『飛仙霞』が強大な清浄マナを感知して飛ぶ仕組みは、術者たるハイエルフを危険から守るためでもある。この場所には充分清浄マナが充満し、わらわたちを守っているのじゃ」

「どうして!?　木の一本も生えておらんのに!?」

「生えとるじゃろ一本。そこに」

L4Cさんが指さす先にあるのは、さら地に立った一本だけ聳《そび》え立つ桜の木。

問題の世界桜樹だった。

「世界樹は、特別な木じゃ。森一つ分の清浄マナをたった一本から放出する。だからわらわもそなたもハイエルフでありながら無事でいられるのじゃ」

「なんと……!?　なんと……!?」

「たしかに世界樹は唯一無二のもの。最初の一を除けば皆ニセモノと言えるかもしれん。しかしここまでの清浄マナを発し、本物と遜色ないのであれば、それも本物と言えまいか？」

「そう言われれば……!?」

反論が出てこないエルフ王さんは、この農場にある世界樹も本物であると認めざるを得ないのだった。

「本当に我が王国以外で世界樹が存在していたなんて……！　我が王国唯一無二のステータスが……！」

なんかショックを受けているエルフ王さん。

彼女に引き連れられてきた一般エルフさんたちには、お団子でも振る舞った。

「せっかく来てくれたんだから、いい思い出も持って帰ってもらいたいからね」

「だったらわらわも同じじゃ。アホの同族の説得役だけを担わされて、あとは帰るだけとか、あまりに報いがないわ。いい思い出一つもない」

とＬ４Ｃさん。

まったくですね。今日は本当にこちらの望みばかり聞いていただいて申し訳ない。

「というわけで、わらわは報酬をきっちりもろうて帰るぞ。そらエルロンや、最初に約束したものを差し出すがいい」

え？

Ｌ４Ｃさん、エルロンから何か貰《もら》う約束をしてたんですか？

たしかに彼女を呼びに行ったのはエルロンだが、その際何か交渉でもしたのだろうか？

対するエルロンは心得たとばかりに……。

「では、無事エルフ王の説得を成し遂げた謝礼として。私の新作をお受け取りください」

「よっしゃー！」

叫ぶＬ４Ｃさん。

そんなに嬉《うれ》しいの？

農場の陶器作り担当、エルロンがその道に凝りすぎて芸術性ばかりを追求した器。

何やら形が歪《ゆが》んで前衛的になってきて、俺ももう理解が難しくなってきている。

「この私の最新作で、銘を『エルフ三段腹』としました。その価値をわかっていただけるＬ４Ｃ様に受け取っていただけて、むしろ光栄です」

「さもあろう。こんなに美しいご褒美が貰えるなら、そなたからのお願い事も大歓迎じゃ。またいつでも頼るがいいぞ！」

Ｌ４Ｃさんは、いつぞやエルロンの作品をプレゼントされてからドハマリしてしまっている。

なら進んで頼みも聞いてくれるか。

「あああああ――――ッッ!?」

そこへエルフ王さんが絶叫と共に乱入。

「それはッ！　ファームブランドのハイセンス陶器ではないか!?　何故そなたらが持っておる!?」

「何故と言えば、彼女が作っておるからじゃが？」

「何いいいいいいッッ!?」

エルフ王さん、エルロンに詰めよる。

「あの素晴らしい器を作り出す芸術家が、ここにいたのか!?　なんと素晴らしい出会い！　わらわ、アナタの作品のファンなのじゃ！　こないだの新作も真っ先に買いましたぞ！」

「えッ!?　そうなんですか!?　嬉しい!?」

意外なところにもエルロンのファンがいた。

彼女の作品は、ハイエルフに殊更好まれるようだ。

「それでそなた金を得ようとしていたのか？　世界樹の葉を売って？　でも最新作はわらわが貰ったがな、しかも無料で！」

「ズルいぞ貴様！……先生、わらわにもさらなる新作を拵《こしら》えてたもれ！　報酬は糸目をつけんぞ！」

「職人への直接注文は仁義破りじゃぞ！　それにエルロン先生は人間国側の森出身じゃ！　余所《よそ》集落のそなたの頼みなど聞かぬわ!!」

ハイエルフ同士がエルロンを先生呼ばわりしつつケンカしている……!?

こうして世界樹を巡る問題は一様の解決を見せ……。

エルロンの作る陶器に顧客が増えた。

救いの屋台竜

Let's buy the land and cultivate in different world

冒険者のシャベだぜ。

緊急事態だ!

パーティ全滅の危機!

だって、あんな凶悪なモンスターに遭遇するなんて思ってなかったんだもん!

アレキサンダー様のダンジョンのこの階層なら、まだまだ出てくるモンスターは低級。

そんな油断が仇となった。

遭遇した極悪は、その辺にうろついている植物型モンスターによく似た形状だったから益々油断した。

実は変異した凶悪種だったんだ!

その植物型は、変異したことによって毒を獲得し、俺たちに吹きつけてきやがった!

おかげで真っ先に飛び掛かった仲間が毒液をモロに浴びちまった。

毒に侵された仲間たちを担いで何とか逃げ出せたものの、状況は悪いまんまだ。

仲間が毒でどんどん衰弱している!?

「やべえよ! おかしいよ! 毒消しが全然効かねえ!?」

警戒してたからかトロかったのか、飛び掛かるのが遅れたせいでオレは毒液を食らわなかった。

しかし俺以外の三人のメンバーはしっかり毒に冒され、応急処置じゃ間に合わねえ!?

冒険者の嗜《たしな》みとして毒消し草は常備しているが、こういう時のためのものなのに一向役立たない!?

「ダメだ……! これは猛毒だ。普通の毒消しじゃ効果がない……!」

「そんな!」

毒を浴びた仲間が、掠《かす》れる声で言う。

「たまにそういう毒持ちがいるらしい。……本来はこんなところよりさらに上層の、高難易度エリアにいるはずなんだがな。猛毒用の高級毒消しなんて持ち合わせているはずがない……!」

「じゃあどうすればいいんすか!?」

「急いでダンジョンを出て街に着けば……、高級毒消しを売ってる道具屋か、解毒魔法の使える神官がいれば……!?」

無茶だよ、ここまで来た道を戻ってダンジョンを出るにも時間がかかる。

仲間たちの命がとてもそこまで持たないってことは見ただけでわかった。

くそう、このままじゃ、これまで苦楽を共にしてきた仲間たちが失われる!

そんなのってねえよ! 折角出会って、一緒に組んで戦ってきたパーティメンバーが!

「ラーメン～、ラーメンはいらんかなのだ～」

そこへ闖入《ちんにゅう》してくる間延びした声。

この声はまさか……!?

「噂《うわさ》のラーメン屋!?」

ダンジョンの中を徘徊《はいかい》し、ラーメンとかいう謎の食べ物を配布する謎の存在!?

オレも過去に一度お世話になって、全身バッキバキの重傷を負ったというのに、そのラーメンとやらを一口しただけで全回復したぜ!?

……はッ?

ということは……!?

「ラーメン屋さん! ラーメンを、コイツらにラーメンを食わしてやりたいんですがかまいませんね!?」

屋台を引いている小さな女の子に尋ねる。

危険なダンジョン内を、こんな可愛《かわい》い子が徘徊してることこそ大きな謎だが、今はそこを論じている場合じゃない。

あの時、瀕死《ひんし》の俺がラーメンで回復したってことは、今この猛毒に苦しめられている仲間たちもラーメンを食べて回復できるってことじゃ!?

救いの神が、この場に現れた!!

「はえ〜ん? んー……、ダメなのだ」

「えーッ!?」

「コイツらの体に入ってる毒は、おれのラーメンじゃ打ち消せないぞ? そもそもゴンこつラーメンに使われているドラゴンエキスは広義の毒なのだ。身体《からだ》を強化して毒を打ち消すこともあるかもだけど、ここまで弱ってたら逆に強化に耐え切れずショック死するのだ」

「そんなーッ!?」

女の子の冷静な分析に絶望する俺。

この世に神はいないのか!?

「うーん、おれのラーメンを食わせるために準備が必要ってことだな。ではアレを使うのだ」

「あれ!?」

女の子は、屋台から何か取り出す。

なんだその緑色の粉末は!?

その緑粉末をコップ？……の中に入れて、水も入れて、コップの蓋を閉めるとシャカシャカ振り出した。

「何だその動作は!?」

「出来たのだ。プラティから預かってきた特製青汁なのだー。飲め」

「ええええええッッ!?」

これ飲んでいいんですか!?

コップの中は、あの緑粉末と混ぜ合わさってか、実に濃厚な緑色の液体が出来上がっている。

むしろこっちも毒々しいんですけど!?

こんなの飲ませて大丈夫!?　直《じき》に死ぬのが今死なない？

「ガタガタせずに一気飲みするのだー。元気にならなきゃラーメンが食えないだろ！」

「ぐぼっほ!?」

女の子が！　毒で瀕死の仲間に無理やり飲ませた!?

あの毒々しい緑色の液体を、口の中に流し込むように！

仲間が!?　仲間ぁ――――ッッ!?

「毒がウソのように消えたぜ！」

「ウソぉ!?」

ついさっきまで毒に侵され、今にも死んでしまいそうだった仲間が完全回復した!?

あの毒々しい液体のおかげなのか!?

毒を以《もっ》て毒を制す？

「さすがは世界樹の葉を主原料にした青汁は、解毒作用がピカイチなのだ。プラティのヤツもけったいなの作ったなー？」

「世界樹の葉!?」

それって、金貨何枚で取引されるという超高級な回復アイテムじゃないっけ？

あらゆる毒性を浄化し、一説には死人も生き返らせるとか!?

「そう、これぞ世界樹の葉配合、農場印の特製青汁なのだ！　今なら専用シェイカーもついて驚きのお値段！」

「シェイカー!?」

って、さっき水と粉末を混ぜた蓋つきのコップのことか。

「必要なんですかそれ？」

「むむッ、ではシェイカーの有難味をわからせてやろう！　シェイカーを使わずに搔《か》き混ぜた青汁、シェイクせずステアなのだ」

猛毒に侵された仲間は他にもいた。

そんな仲間へ、渡された新しい青汁を……。

「さあ飲め……！　これで毒が消える、実証済みだからな……！」

「ぐぼッ!?　ダマが!?　水に溶けきれずに残ったダマが!?　喉に引っかかる!?」

コッ、これがシェイカーを使わずに混ぜた青汁に潜む罠《わな》!?

マドラーで搔き混ぜただけじゃ完璧に溶けきれずにダマが残るというのか！

「我慢して飲み込むんだ！　でないと猛毒が消えないかもだし！」

「ふご――――――ッッ!!」

恐ろしいぜ。

やっぱりダマを作らず完璧に溶かし合わせるにはシェイカーは必須ということなんだな！

しかし彼女が出してくれた青汁のおかげで、どんどん仲間たちの猛毒が消え去っていく!?

凄《すご》いぜラーメン屋の女の子！　やっぱり彼女はダンジョンを徘徊する救いの女神だ！

「ダメだ！　毒が消えない！　間に合わなかった!?」

しかし一人だけ、青汁でも救い出せない仲間が!?

一番最初に毒を食らっていたヤツだ、その分進行が早く、解毒が間に合わなかった。

「息をしてねえ！　手遅れだ！　死んじまった……!?」

オレたちのパーティから死亡者が出てしまうなんて……!?

くそっ、オレがもっと迅速な状況判断をしていれば！

「さすがに呼吸が止まったら、プラティごときの青汁じゃどうにもならんなー。ならこっちの出番なのだ！」

えッ!?

少女様、他にもまだ手段が!?

「桜餅～！」

ええッ!?　なんですかその……、葉っぱでくるんだ謎のぷよぷよしたものは？

「死んだばかりのコイツの喉奥に……ほりゃッ！」

「「押し込んだーッ!?」」

あの桜餅とやらを!?

もう死んでるから咀嚼《そしゃく》することもできないはずだけど、丸ごと体内に入れられた彼は……。

「桜餅うんめー!!」

「「蘇生《そせい》したーッ!?」」

オレは奇跡を目の当たりにした!?

毒で息を引き取ったはずの仲間が、完全に解毒して甦《よみがえ》った!?

「餅を包んだ桜の葉は、世界樹の葉と同等の効果がある上に、ご主人様のパワーで強化されているのだ！　死んでから時間も経《た》っていないので蘇生に成功したな。三秒ルールというヤツだ！」

なんて凄いアイテムなんだ桜餅！

死人すら蘇《よみがえ》らせるなんて、世界樹の葉の伝説的効能通りじゃないか！

「本当はラーメンを食ったあとのデザートとして振る舞うつもりだったのだが、せっかくだから貴様らにも食わせてやるのだ。一人一個ずつあげるからケンカせずに貪るのだー」

これがあれば、ダンジョン内で瀕死の重傷を負っても助かる！

「ありがとう！　ここぞという時のために大切に保管しておきます！」

「いや今食えよ。生菓子の賞味期限は短いのだ。ご主人様が作ってくれたものを、ちゃんと美味《うま》く食わなかったら殺すのだ」

「ええぇ……!?」

毒に侵されていようといまいと食わなきゃ死ぬのか？

仕方なく健康体のまま食べた桜餅は美味《おい》しかったし、お陰で全員無事にダンジョンから生還することができた。

ダンジョンという地獄で出会う救いの女神……。

あの小さな女の子には感謝しかない。

魔国商人のシャクスさんから、このようなことを聞いた。

「魔国で温泉が作られるそうですなあ」

なんですって!?

温泉といえば我が農場にもある目玉施設の一つ。地下から湧き出る温水に全身浸れば疲労回復&肌ツルツルで、何より気持ちいい。

前の世界から持ち込んだ文化の中でも指折りいいものではあるんだが、こっちの世界でも温泉を発見した者がいるのか?

ファンタジー異世界も文化の発展速度は侮れないな。

「いえ、魔王様が直々に主導なさっているのですが……」

あ、なーんだ。

魔王さんといえば、よく農場に出入りして温泉にも浸《つ》かっている。

つまり……魔国で行われているという温泉採掘は、農場のパクリ。

別にいいけどさ、特許取っているわけでもないし。

世界の発展に繋《つな》がるんなら大抵のことはパクッていいよ！　と思っている。

「しかし思うように進んではおらぬ様子。多くの掘削師を動員してあちこち掘り進めておりますが、湧き出るのは井戸水ばかりのようです」

まあイロハのない世界で温泉脈を探し当てるって宝くじの一等とるようなものだろうしな。

そもそも火山帯とか地下水を温める条件がないといけないし。

そうした研究が進んで効率よく温泉を掘り当てられるようになるまで数世代はかかるんじゃないかな？　と思う。

魔王さんたら、俺たちに一言相談してくれてもいいのに。

そこへ当の魔王さんがやってきた。

「聖者殿、相談があるのだがマヨネーズにハチミツを混ぜるとより美味《おい》しくなるような……！」

「水臭いじゃないですか魔王さん!?」

「おう!?　なんだ!?」

訪問してきた魔王さんへ詰め寄るのだった。

「何だ聞いてしまったのか。口の軽いヤツがいるようだな」

そう言って魔王さんじっとりと視線を向けると、シャクスさんそそくさと帰っていった。

「ここで体験した温泉がとても素晴らしいものだったのでな。この快楽を多くの民にも味わってほしくて事業を進めている。仮に魔国で温泉を掘り当てた暁には、大規模な公共施設として開放したいと考えている」

「それは素晴らしいじゃないですか!?」

たくさんの人々が自由に出入りできる憩いの場！

そういうものができれば地上はより住みやすく、楽しい場所になるに違いない！

「しかし理想と現実は異なる。我々の拙い技術では、温泉を掘り当てるのに至らずでな。事態は停滞し、遅々として進むことがない」

言われて『たしかにそうかも……』と納得する自分がいた。

温泉採掘は、俺の前いた世界でも非常に難しい事業だったはず。

地質調査し、地下深くに温泉があるかどうかの下調べを入念に済ませたあと、『掘る』という作業自体にも相当な労力と技術が必要になるはずだった。

その上で快適に温泉を楽しむための施設建設もしなきゃだし。

前の世界だったら、それに加えて法律的な問題とかが面倒くさいことこの上ないはずだ。

こっちの世界なら法律的な煩雑さのみはクリアできるものの技術的な問題、労力的な問題はそれ以上の障壁となって聳《そび》え立つはず。

それをクリアして温泉を掘り当てるには、魔王さんにも相当な重荷になるであろうだった。

「実を言うと、この事業はそろそろ見切りをつけるべきかと考えているのだ」

「そんな！」

「成果は一向に上がらず、費用はかさむばかり。人間国を併呑《へいどん》し、新体制を確立しなければならない魔国には他にいくらでも金を注ぐべきところがある。……という不満も積もり始めていてな」

だから温泉掘りは中断しなければならない。

魔王さんの為政者としての判断が、そこへ向かおうという。

「なら俺たちに任せてください！」

そもそも魔王さんに温泉を披露したのは俺たちなのだから、技術的労力的な問題は、俺たちをもってすれば容易《たやす》くクリアできるではないか。

「いやいやいや……!?　そこまで聖者殿に甘えることはできぬ。ただでさえ日頃、事あるごとに世話を掛けてしまっているのだ……！」

魔王さんは慎み深い性格であるから、一方的に頼りすぎるのに後ろめたさを感じてしまうのだろう。

事業を俺に聞こえないよう進めてきたのも、俺が知ってしまえば手伝ってしまう確信があったからだ。

そんな魔王さんの克己心を好ましく感じつつも、知ってしまったからには行動するしかない俺である。

「俺たちは、やりたいことがあると実行せずにはいられない困った性分なんです！　そんな俺たちこそが、むしろいつも魔王さんの世話になっています！　俺たちの毎度のやらかしに許可を与えてくれて、後ろ盾になってくれるんですから！」

「ううむ……!?」

「今回も魔王さんの寛大さに甘えさせてください！」

「聖者殿にはかなわぬな……!?」

魔王さんをご説得できたところで、俺はある人物を召喚した。

温泉といえば、そのために必要な能力を備えているのは彼女……。

「ホルコスフォン、お呼びにより馳《は》せ参じました」

天使ホルコスフォン。

我が農場に住む一人で、その実力はヴィールなどと並んで最強の一角を担う。

彼女はかつて、同族の天使数人と共に地上を焼き払って文明を断絶させ、世界を滅亡させる一歩手前まで及んだという恐怖の存在。

そんな天使だが、数千年を経た今はかつての使命も忘れ、ウチの農場でのどかに暮らしている。

「ホルコスフォンよ。何故《なぜ》キミを呼んだのかと言うと、キミにやってほしいことができたからだ」

「私はマスターの剣にして盾。マスターのご命令とあらば、いかなる敵をも滅ぼして見せましょう。して今回は、何者を滅殺すればよろしかろうございますか?」

「滅殺しねーよ」

『のどかに暮らしてる』って言ったばかりなのになんで言動がいちいち不穏なの?

俺は、このホルコスフォンにこそ温泉掘りを任せたいと思ったのに!

何故なら、ここ農場で温泉を掘り当てたのも彼女の手によるものだからだ。

人類を遥《はる》かに超えた能力を持ち、大地も貫く彼女であれば、岩盤ぶち抜き温泉水脈を掘り当てることなど造作もない。

「また再び温泉を掘ることになった。今度は農場の外に。キミの手腕をまた振るってほしいのだが、よかろうか」

「私にとってマスターの命令は絶対です。拒むはずなどありません。マスターがお望みなら、大陸全土を温泉の海に沈めて御覧に入れましょう」

「そこまでしなくていい!!」

何故天使という種族は加減を知らないのだろう。

言うこと一つとっても恐ろしい。

この分だと温泉掘るつもりで星のコアをぶち抜いてしまうんじゃなかろうか?

そうした不安を余所《よそ》に……。

ホルコスフォンは見事新たに温泉を掘り出すこととなるのだった。

若き掘削家の悩み

オレの名はキンマリー。

魔族だ。

古来から続く由緒ある職業に就いている。

それは井戸掘り師だ。

井戸は重要だ。それどころか欠かすことができない。

水なくして生きることはできないから、水を得るための井戸だって必要不可欠ということだ。

オレたちは全国各地の村や街を回り、特別な工法でもって地中を掘り進んでは地下水脈を掘り当て、掘った穴を補強して何十年でも使える立派な井戸を完成させる。

それらの工法は秘密とされ、門外不出となる職人の財産だ。

そのためにも井戸掘りギルドが結成され、井戸掘りに必要な秘伝工法はギルドによって厳重に保管されている。

井戸掘りの技を学ぶためには何よりまず井戸掘りギルドへ入門し『絶対に秘密を口外しない』という誓いを立てなければならなかった。

オレもまた十五歳で井戸掘りギルドに入門し、厳しい見習い期間を終えてギルドの膨大な知識技術を学んでやっと一人前になることができた。

オレはこの仕事に誇りを持っているし、この職さえ持っていれば一生食いっぱぐれることもないと安心もしている。

何しろ、人の生活に密着した仕事だからな。

先も言ったように人は井戸なしに生きることはできないから、井戸の新造、既に出来上がった井戸の管理改装などの仕事が途絶えることもない。

安心して人生設計し、そろそろ嫁さんでも貰《もら》おうかなと思っていたところへ奇妙な仕事が舞い込んできた。

しかも魔王様直々にであった。

魔国の支配者……それどころか宿敵であった人間国まで先年滅ぼし、実質的に地上の覇者となられた現魔王ゼダン様は、既に歴史に名を遺《のこ》す明君となることが決定されている。

無論汚名ではなく勇名を。

そんな英傑からの依頼であるのだから、さすがの井戸掘りギルドも恐縮するとともに高揚した。

魔王様は一体、どんな井戸を掘らせようというのか？

しかし依頼の内容は、オレたちの想像とはまるで違ったものだった。

『地中から湯を掘り出せ』などと言う。

いかに魔王様のご綸言《りんげん》といえど、奇妙すぎて困惑したことは言うまでもない。

地中からお湯？

そんなもの出るわけがないだろう？

地面の下から出るのは普通の水であって、お湯なんかが出てくるわけがないではないか。

お湯っていうのは熱せられた水。

それが地下から出てくるってことは、地中はグラグラ熱くなっているってことじゃないか。

そんなことになったら地面も熱くなって、俺たちは立ってることができなくなっちまう。

足の裏がアチチッてなるぜ。

しかし依頼主は我らが主君、しかも名君。無下に断るわけにもいかず形ばかりにも依頼を受けることとなった。

担当者として抜擢《ばってき》されたのがオレだ。

正直喜んでいいのかわからなかった。魔王様より直接の依頼に携われるのは名誉なのだが、依頼内容があまりにも突飛すぎる。

下手に取り組んで失敗しようものなら、時の最高権力者から不興を買うということ。

折角ありついた安定した職を失うことにもなりかねない。

恐らくそういうことで各職人をたらい回しにされた挙句、オレのところまでやってきたのだろう。

全員が気後れしても依頼そのものを拒否することはできない。

最高権力者の意向を拒否すること自体も、井戸掘りギルドの存続が危ぶまれることに繋《つな》がりかねないのだから。

様々な懸案を経て、オレは引き受けることにした。

火中の栗《くり》を拾いに行ったわけだ。

どれだけ偉くなったとしても、ギルドあってのオレの身分だし、誰かが引き受けなきゃなんないとなれば、やるしかない。

オレにここまでの地位と技術を授けてくれたギルドへの恩返しと思えばいいさ。

そうして荒唐無稽な地下湯掘りに挑んだオレだが、当然のように困難を極めた。

まず地面からお湯が出てくるわけがねえ。

幾度も調査し、水脈を掘り当てるものの出てくるのはすべて地下水。

お湯じゃない。

ついでに言うとお日さまから遠い地下深くを流れるため余計に冷たい。

やっぱり地下の水がアッツアツでお湯になることなんてありえないんだよ。

そんなこんなで徒労としか思えぬ作業を続けて一年が過ぎ、二年が過ぎ……。

……その間まったく成果を出すことができなかった。

資金ばかりを徒《いたずら》に浪費し、その分心の負担が増すばかり。

魔王様へ満足な報告を出すこともできず、追いつめられている実感が日増しに大きくなってきた。

ギルド幹部からも『もう諦めよう』と勧告されることもあったが、やめるわけにはいかない。

ここまで来たらこっちにも意地があった。

こうなったら命に代えても地下からお湯を掘り出し、魔王様のご期待に応えようではないか！

井戸掘り師の誇りに懸けてなあ！

などと言っているオレを周囲は『ヤケになった』と評しているようだが、その通りかもしれない。

そんな中やってきた。

閉塞された事態を打破する、救いの女神のような方が……。

「……キミらが、魔王様のご意思によってもたらされた使者だと？」

「左様です。ホルコスフォンと申します」

目の前にいるのは、年端もいかぬ若い女性だった。

しかも美しい。

舞踏会の貴婦人としても文句のつけようもないほどに美しい。

こんな美女が、汗臭い井戸掘り現場へとやってくるなんて。

一体何用だ？

「私はこの度、マスターの命令を受けてこの地に赴きました。温泉を掘るために」

「オンセン……？」

「アナタ方も同じ任務を受け、ここにいると聞き及んでいます。一致協力し、互いの力を併せて目的を果たすようにともマスターより指示されています」

「そのマスターと言うのは……魔王様のことか？」

「いいえ、マスターは我がマスターにあらせられます」

「？？？」

この若い女性が何を言っているのか皆目わからなかった。

恐らくではあるが、我々の作業を支援するために送り込まれた人材であることは間違いないだろう。

　しかしその事実自体が不快でもある。

　支援者が送られてくるということは、我々だけでは目的を果たせないと思われているということで、引いては我々の能力が信頼されていないということでもあった。

　ただ、数年越しで依頼完遂できないどころか、最初の一歩すら踏み出せていない状況。

　能力を疑われるのは当然と思い直すも、さすれば自分の不甲斐《ふがい》なさが頭にくる。

　だから助《すけ》っ人《と》だと大手を振って現れたこの美人に、八つ当たりにも似た刺々《とげとげ》しさを持ってしまうのも仕方がないのかもしれない。

「ここは遊び場じゃないぞ？　土塗《つちまみ》れ、泥塗れになって水を確保する、真剣な仕事場だ。掘削中の井戸が崩落する危険もあり、けっして気楽でいられる場所じゃない」

　こんな綺麗《きれい》な婦人、泥がかかるだけで泣きそうだな。

　そんなひ弱にオレたちの仕事場を荒らしてほしくない。

　たとえ魔王様直々の派遣であったとしても、ここは専門職である我々の意思を優先しお引き取り願おう。

「一つ訂正願います。アナタたちが掘削するのは井戸ではなく温泉のはずです」

「だから何だ、そのオンセンというのは？」

「温泉は温泉です。ただし、アナタ方の掘削法では温泉を湧出させるには無理があるかと。アナタ方の人力に頼った掘削では、掘り進める深度に自然と限界が生じます。温泉を掘り当てるには、より深くまで掘り進めなければなりません」

何を言っているんだ彼女は？

見た目の美しさだけでなく、語り口調まで異様と言わざるを得ない。

井戸掘り一筋十年以上、既にベテランと言っていいオレを圧倒する説得力が彼女にはある。

「……とはいえ、水脈を探り出す手並みは正確ですね。たしかにこの底、地上より遥《はる》か下方に液体の流れを感じます。さすがプロと称すべきですね」

「え？」

たしかに今回、いつもよりも遥かな深度を想定して地下水脈を探していた。

通常の地下水を掘り当てても冷たいばかりだから、普通と違うものを狙ってみようと思ったんだ。

でもなんで、それをこんな乙女が気づける!?

「ですが、いささか掘削点がずれていますね。このままではどれだけ掘っても温泉は出てこないでしょう。掘る場所の移動を進言いたします」

「何を言ってる!?　これはプロの井戸掘り師であるオレたちが、入念な調査の元に決めたんだ！

素人にいちいち言われて修正するわけにはいかん！」

しかし内心、彼女の言うことが正しいと認めている自分がいた。

今回、『いつもと違う掘削を』と執着するあまり、地下深くにある水脈を探したが、深くにあればあるほど調査困難になり、狙いを外す可能性も高くなる。

「私がより精密な調査を行いましょう。そうすればより正確な掘削点を算出でき、確実に温泉を掘り出せるはずです」

「何を言う！　専門家であるオレたちを差し置いて、素人のお前がどうやって調査するというのだ!?」

「これを使用します」

そう言って彼女が取り出したのは……。

「納豆です」

「ナットウ!?」

見ただけではわからなかった。

豆、であるように思える。

小さな皿に盛られた、数十粒ほどの豆の塊。

しかし、その豆の表面には白い粘ついたものが付着し、なんとも気色が悪い。

それだけでなく異様な臭いまで発している。

この豆もしや……!?

「腐ってるな!?　腐っているだろう!?」

「失敬な。腐敗ではありません発酵です」

よくわからんが何が違うというのか？

そして掘削現場で腐った豆を持ち出す意図が皆目見当がつかん。

何から何まで謎の女性だ。

「ではこれからお目に掛けましょう納豆の偉大さを。まず全力で掻《か》き混ぜます」

ホルコスフォンとやらは、今度は細く短い棒二本を取り出すと、それをもって皿の上の腐り豆を掻き回しだした。

混ぜるほどに豆の水気が増していき、豆と豆の間でネバネバ糸を引き始める。

本当に何をしようとしている。

「これだけネバネバしたらいいでしょう。お箸を上げると……」

ヒィッ!?

二本の棒を上げた分だけ長い糸が引き、それにぶら下がるような形で豆も浮く!?

「これで準備が完了しました」

「なんの!?」

お箸とやらから垂れる糸、それに繋がってぶら下がる豆。

その豆がブラブラと揺れて、ホルコスフォンはそれをじっと見つめて……。

「……あちらですね」

「ええッ!?」

すたすた歩いていき、またぶら下がる豆の動きを注意深く観察して……。

「次はあちら……」

これはまさか!?

引いた糸にぶら下がる豆!?　その豆による振り子運動!?

「ダウジング!?」

ダウジングなのか!?

我ら井戸掘りギルドに伝わる秘伝の一つで、地下を流れる水脈を、土を掘らずに見つける秘術。

それを何故《なぜ》ギルドにも属していない女性が!?

「我が納豆ダウジングで調査した結果、この下に温泉があります」

彼女がある地点を指さした時、オレは衝撃に襲われた。

何故なら……!

「ここを掘り進めば、必ず温泉を掘り当てられるはずです。この地点の掘削を強く推奨します」

「それはダメだ」

「何故です？　理由を提示してください」

「たしかにキミの見立ては正しい。我々も事前の調査で、この地点がもっとも怪しいと踏んでいた」

だから衝撃を受けたんだ。

井戸掘りギルド秘伝の術で探し当てた最高の掘削ポイントを、見知らぬ女性が寸分たがわず当てたのだから。

「しかし、この地点はダメなんだ。少し掘り進んだところに岩盤があって、それが非常に強固だ。手持ちの器具ではまったく歯が立たず諦めるしかなかった」

そこで第二候補であった今の地点を掘り進んでいるわけだった。

「最良の掘削ポイントを探し当てたキミの勘は評価しよう。だがそういうわけで我々は今の穴を掘り進めるしかない。他にできることがないなら大人しく隅で眺めていてくれ」

「了解しました。では岩盤についてはこちらで対処しましょう」

「ん？」

彼女は話を聞いていないのか？

掘削のプロである我々が、手段を尽くしても突破できなかったんだぞ？　女性の細腕で何ができる？

頼むからもう大人しくしていてくれ！

「ではとりあえず、岩盤のある深さまで掘り進めましょう。マナカノンで土を吹き飛ばします」

「え？　うわああああああッッ!?」

ホルコスフォンとやらが、なんかどこからともなく筒のようなものを取り出し、その先端の穴から凄《すさ》まじい光線が!?

何かの攻撃魔法なのか!?

我々が埋め戻した土があっという間に吹き飛ばされて……！

硬い岩盤が露出した!?

「……たしかに、セーブしたとはいえマナカノンの直撃に耐えるとは強固な岩盤です。ここは新たな手段を講じるべきでしょう。……レタスレート」

「はーい」

また新たな女性が現れた!?

美人であることは変わらないが、こっちは人族で、やたらとロイヤルな印象。

「せっかく同行してくれたのですからアナタがやってみますか、この岩盤の破壊?」

「いいわね！　私とホルコスちゃんはもはや名コンビなんだから、ホルコスちゃんのいるところに私ありよ！　そして私の見せ場は必ず用意されているべきなのよ!!」

レタスレートとか呼ばれた第二の女性。

土中から露出した岩盤の上に立つと、静かに呼吸を整えて……。

しかし。

「何をしているんだ!?　女の細腕ごときでどうにかできる岩盤じゃない！　怪我《けが》しないうちにどきたまえ!!」

「北豆《ほくと》神拳奥義！　くるみ割りパンチ!!」

ロイヤル乙女が真下へ向けて突き出す拳。

それが触れた瞬間、岩盤は轟音《ごうおん》と共に砕け散った。千々の破片と化して。

「何いいいいいいいッ!?」

「レタスレート、いつもながらナイスパンチです」

そんなバカな!?

どんな器具、どんな掘削方法を用いてもヒビ一つ入らなかった岩盤が！　どうして女の子のパンチ一撃で粉々に!?

「豆の力よ！　人は豆さえ食べ続ければ鬼より悪魔より強くなれるのよ！　私のメガトンパンチはその実践に過ぎないのよ!!」

「説明されてもわけがわからない!?」

しかし……。

一番の優良掘削ポイントを塞いでいた岩盤が砕け散り、邪魔物はなくなった。

もっとも期待のできる道を進むことができるのもまた事実。

どうする？　こっちのポイントを掘り進むか？

しかし、それも部外者である彼女らの協力があったればこそで、プロの井戸掘り師としては忸怩《じくじ》たる。

「うーん、どうすべきか……!?」

「それでは本格的な掘削作業に進みます。マナブレード両手展開、ドリルモード発動」

「うーん、うん？」

気づけばホルコスフォンとかいった一人目の美女が、凄まじいスピードで高速回転し、地面に突っ込んでいった!?

「うそおおおおおッッ!?」

なんか物凄《ものすご》い勢いで穴が掘られていく!?

「ホルコスちゃんは猛スピードで地面に穴開けていくからねー」

ともう一人の方の女性、特に大変な様子もなく落ち着いたものだった。

「それでも温泉を掘り当てるには物凄い深度まで潜らなきゃいけないらしいから、少し待つがいいわ。……あ、待ってる間にピーナッツ食べる？」

「ど、どうも……!?」

そして待つこと少しの間……。

彼女が掘り下していた穴から勢いよく水が噴き出した!?

「うわあああああ――ッ!? あっつ、あっつ!? 水じゃない!? 熱い!? お湯だ!?」

「さすがホルコスちゃん温泉を掘り当てたわね！」

本当に熱い！ 地下からお湯が湧き出してくるなんて魔王様の世迷言《よまいごと》じゃなかったのか!?

「ただいま戻りました。任務完了です」

噴出するお湯の流れにのってホルコスフォンさんが帰還なされた。

「温泉は、通常の水脈より下の地層にありますので掘り出すのが大変なのです。アナタ方の装備ではまず到達できないでしょうから、信じられないのも無理はありません」

慰めるような口調で告げる彼女。

しかしオレの心情は、もう別のことに興味が移って他のことなどどうでもよくなっていた。

「……弟子にしてください」

「はい？」

オレはホルコスフォンさんの……いやホルコスフォン様の手を取った。

「アナタの素晴らしい掘削技術をオレに伝授してください！ というか井戸掘りギルドに加入しま

せんか!?　アナタがいれば、ウチは過去最大級の繁栄を迎えること間違いありません！」

「アナタを私の生徒にですか？」

ホルコスフォン様が、少しの間考え込む素振りを見せて……。

「了承しました。アナタに納豆のイロハを叩《たた》き込みます。必ずやアナタを納豆づくりの名手に育て上げてみせます」

「ありがとうございます！」

少し擦れ違いがあったような気がするものの、これでオレも今よりもっと仕事のできる井戸掘り師に！

益々《ますます》人生安泰だぜ！

ごきげんよう俺です。

実は、ことの成り行きをずっと見守っていました。

温泉掘りという専門外の仕事を課せられた井戸掘りさん。

そんな彼の下へ現れた天使ホルコスフォン。

そのホルコスフォンに圧倒されて弟子入り志願する井戸掘り師。

すべて見守っていましたよ？

傍らにいて、一言も発しませんでしたが。

ただ井戸掘り師さんは弟子入りを求め、ホルコスフォンはそれに応えたようだが……。

「もっと力を込めて掻《か》き混ぜなさい。気合い込めずば納豆は粘りを発してくれませんよ」

「はい先生！」

……両者の認識に違いがあることを、一歩引いたところから眺める俺だけが気づけるのだった。

「あの……、キンマリーさんが求めているのは温泉を掘り出せるほど強烈な穴掘り技術で、納豆とは関係が……!?」

「無駄よ。ホルコスちゃんはすべての極意を納豆に求めるのよ」

レタスレート。

お前もいたかそういえば。

「それよりセージャ！　温泉が出てきたからには、ここにも浴場を建設するんでしょう!?　早く作りましょうよ豆パークを！」

そんなもの建設しねーよ。

どさくさに紛れて豆のテーマパークを建てようとするな。

「うぬッ？　そういえば、この噴き出したお湯は何に使うのでしょう？」

ほんの少しだけ正気に戻ったキンマリーさんが、それでも納豆を掻き混ぜる手を止めない。

「やはり飲料として使うのですか？　最初から熱されていれば煮炊きに便利そうですな！」

……いえ、違います。

知らないがゆえの斬新な意見だが、この温泉を料理に使えるのかな？　水質調査してみないと何とも言えんのだが？

しかし、その前に一番真っ当な利用法を確立しなければな。

「レタスレートが言うように、早速入浴施設を建設するぞ！　皆の者、出あえぃ！」

「「「「ははぁ!!」」」」

オークボを始めとするオーク軍団が、転移魔法で続々と現地入りしてくる。

転移ポイントは、ホルコスフォンが設定して座標を通信魔法で伝えてくれたらしい。

さすが天使、何でもできる。

普請道楽、建設好きのオークたちだから、新たなる建築物を造らんとする試みには喜んで参加してくれることだろう。

入浴施設の建造は過去にも経験があるため、スムーズに進むことも予測される。

「ただし！　今回の建造は、前に作った浴場とは趣が違うぞ！　少しだけ趣向を変えていく！」

「どういうことでしょう我が君！」

うむ。

前に農場に造った公共浴場は、いわば趣が銭湯風だった。

皆で入って気軽な雰囲気を出すよう、内装外装に配慮したつもりだ。

今回はそう言った気軽さを残しつつ、より高級感のある趣を出したい。

いわば温泉旅館風。

「魔王さんの意向は、たくさんの人が分け隔てなく温泉を楽しめるようにすることだ。その希望を叶《かな》えるためにも魔国中……いや世界中の人々が入りに来れる巨大温泉施設を造りたい！」

「おおッ!!」

「つまり……温泉宿だ!!」

かつて俺が前に住んでいた世界に様々あった、温泉を主軸にした観光施設。

宿泊しながら何度でも温泉が楽しめる。

朝夕に出てくる贅《ぜい》を凝らした郷土料理。

片隅にあるめっちゃ古いゲーム筐体《きようたい》。

そういったものを取りまとめて存在する一大レジャー空間。

温泉旅館！

「それをこの地に造る！　多くの人々に温泉に入りに来てもらうため！」

「「「おおぉーッ!!」」」

オークたちもやる気たっぷりだ。

「また大規模な施工になりそうですのう！　腕が鳴るわ！」

「露天風呂の建造は独特だから是非またやりたいと思っていたのよ！」

「ちょうどいい石材を探しに行くぞ！」

農場を拡充する過程で様々な家屋を建て、その関係かすっかり建築が趣味になってしまったオークたち。

なんか建てるとなると途端に生き生きしてくる。

「浴場だけじゃなく、遠くから温泉に入りに来てくれるお客さんのために宿も建てないとな。

……………キンマリーさん」

「手首のスナップを利かせることで、より鋭く納豆を掻き混ぜる!……なんでしょう!?」

井戸掘り師から納豆掻き混ぜ師へとジョブチェンジしそうな勢いのキンマリーさんへ尋ねる。

「この辺りの地理はどんな感じなんでしょう？　人は多く住んでるんですか？」

「……辺境ですな。近くに大きな街もないし、好んで人が寄り付く場所ではありません。元々大規模な井戸掘削はそういうところで行われますからな。湧き出た井戸が人を呼び寄せるんです」

なるほど。新しい村開拓の第一歩として井戸が掘られるわけか。

飲料水は、人が生きていくための第一条件なのだから当然ともいえるが……。

今回は温泉が、人を集める元になる。

「実を言うと、この地はすぐ向こうに川が流れていて生活用水に関しては困ることがないのです。むしろこの土地は、深い山間にあることの方が問題でしょうな。利用できる平地が少ない」

なるほど。

畑も田んぼも平地にしか作れないもんな。

「だから、この辺りも捨て置かれていたのです。たとえ井戸を掘っても農耕に適した土地がなく作物を作れないのでは開拓する意味がない。そういう意味で我ら井戸掘りギルドからしても放置された区域でした」

そんな場所にシャベルが入ったのは偏《ひとえ》に、魔王さんからの『湯を掘り出せ』という無茶ぶりがあったゆえ。

非常の依頼には、非常の土地が選定された。

ここは本来忘れられた土地……。

「そんな場所だからこそ、こっちには好都合だな」

近所迷惑とか考えず、思うままに街を作ることができる。

前人未到の異世界初の温泉旅館をな！

建築はオークたちに任せとけばまったく問題ない。

むしろアイツらなら、もう俺がタッチしなくても俺の期待を超える温泉宿を建造してくれるはずだ。

ハード面で心配無用なら、俺が注力すべきはソフト面だな。

温泉宿につきものなあれやこれやを開発、用意していくことにしよう。

「よい納豆さばきです。基礎は身についたようですね。それでは応用編を始めましょう」

「なッ!? 納豆に卵を入れるですと……!?」

ホルコスフォンとキンマリーさんには、進みたい道を突き進んでもらうとして……!?

温泉に必要なもの……。

まずは浴衣《ゆかた》だな。

それは温泉を利用する際の正装。

古来は平安時代より使われてきたという浴衣は、脱ぎ着がしやすく温泉には最適だ。

素早く出入りできる。

デザイン的にも風情があるし、木綿の生地は通気性がよくゆで火照った体を涼ませるには最適だ。

異世界で温泉宿を開くにあたり、やっぱり浴衣が欲しい。

オリジナル柄とかが染め付けてあったらなおいいな。

ということで、衣服関係となったら彼女こそ適任なので頼んでみた。

我が農場の被服担当、いまや押しも押されぬ世界的ファッションデザイナーとなったバティに
……。

しかし……。

「絶対嫌ですッ!!」

滅茶苦茶《めちゃくちゃ》拒否られた。

農場に戻って、浴衣の素案を見せた途端、火のつくような拒否っぷり。

何故《なぜ》バティは、そんなにまで浴衣を拒否するんだ!?

「だって破廉恥じゃないですか!」

「破廉恥!?」

「そうでしょう、こんな前を広げただけで全部見えてしまう! 閉じるのは細い帯一本! 頼りなさすぎます! 何かの拍子に帯が解《ほど》けてしまったらすぐさまオッピロゲになってしまいます!」

たしかに言われてみたらそうかもしれない。

「しかもこれ、機能的に下には何も着ないんでしょう!? ますます丸見えになるじゃないですか! こんな変態衣装、作ることはできません!」

「伝統衣装になんと失礼な!?」

しかし、そういったあけすけさが気風《きっぷ》がいいと言いますかね!?

たしかに女性が着たらチラリズムとか色艶が素晴らしいことにもなりますが……!?

とにかく今はバティを説得する材料が見つからないので、浴衣作りは後回しにしよう。

他にも温泉宿につきものは色々ある。

そちらを先に見つけてからでも遅くはあるまい。

というわけで探してみよう。

温泉にあると嬉《うれ》しいマストアイテム。

まず最初に思いついたのが……。

「温泉卵だ!!」

名前に『温泉』ってつくぐらいだし。

美味《おい》しいよね温泉卵。

というわけで本物の温泉でストライクゾーンど真ん中の温泉卵を試作してみようではないか!!

温泉宿（予定地）に舞い戻り、既に汲《く》み上げられている温泉に生卵をｉｎ。

「マスター！　それは納豆に入れるために用意しておいたエッグです！　ご無体です！」

いいじゃないか。

ホルコスフォンは納豆に加えるように常に生卵を一ダースほど抱えてるんだから一個ぐらい使わせてくれ。

さて、温泉卵は沸騰しない適度なお湯で作るのがポイントだ。

温泉の温かさがちょうどいいので温泉卵という名がついたんだろう。

生卵を手拭いで包んで、布ごと温泉に浸してみる。

温かいお湯に浸《つ》けて待つこと十分……。

「そろそろいいか」

温泉から引き上げ、まだ殻をまとったままの卵を……。

「オデコに！　はあああああッ！」

己が額に叩《たた》きつける！

その衝撃でヒビの走った卵の殻を！　右手だけで持って！

「割れたあああッ！」

説明しよう！

この俺は卵を片手で割ることができるのだった！

これも『至高の担い手』の効力だろうか!?

とにかく殻からこぼれ出た卵の中身は……？

「これはいい感じに半固体！」

黄身も白身も、固形に固まりつつドロッとした質感を失っていない！

生卵ほど液体ではないが、完熟ゆで卵のごとき鋼の密度も持ち合わせていない。

いい感じに中途半端！

「これこそ温泉卵の質感！　実験は成功だな！」

「ほうこれは……！」

ホルコスフォンが、温泉卵の入った小鉢をスルリ抜き取り、一瞬の躊躇《ちゆうちよ》もなく納豆へｉｎ。

「生卵と混合させるのもいいですが、この半固形の卵も独特の質感があってとてもいい。我が納豆レパートリーに新たな広がりを得られました」

「何でも納豆と混ぜようとするな」

まあでも納豆と混ぜても美味しいよね温泉卵。

源泉の温度も温泉卵を作るのにはちょうどいいみたいだし……。

……ただ、それだと入浴には熱すぎるから何らかの温度下げる工夫は必要だろうけど……。

しかし温泉卵自体は名物になること間違いなし!!

「魔王さんに頼んで、大量の卵を運び込んでもらおう!……いや、この土地で養鶏するのもいいな?　産みたて卵をそのまま温泉に浸けて朝食のお供に!」

「しかしマスター」

なんだいホルコスフォン?

温泉卵のお代わりが欲しいのかな?

「ただいま試作に用いた卵は、私が農場より持ち込んだヨッシャモ（鶏型モンスター）の卵です。不測の事態を防ぐため、マスターが念入りに滅菌処理を加えています」

そうだね。

卵を食すときにもっとも警戒すべきはサルモネラ菌による食中毒。

それを防ぐための対策は必要不可欠だ。

一番簡単なのは熱処理で、煮たり焼いたり蒸したり、大体沸騰するぐらいの熱に晒《さら》せば雑菌は死ぬ。

そして安心して食べられる。

その他、俺の持つ『至高の担い手』の力で握った卵を滅菌するという手もある。

俺だけに使える奇策だが、このおかげで農場では気兼ねなく生卵を食せるというわけだ。

美味しいもんね。

卵かけご飯も、納豆に生卵を混ぜて食べるのも。

熱殺菌の唯一ある問題点、生料理には使えないということを解決してくれるのも『至高の担い手』の有難味だ。

「この温泉卵も、とろとろふんわりで半分ナマと言えます。滅菌という点では大丈夫なのでしょうか？」

「うん？」

ホルコスフォンの言う通り、温泉卵って熱処理的にはどうなんだ？

一応お湯にはつけてあるけど、半生だし。

食中毒を起こしかねない危険な細菌を完全に殺し切れている？

「いかん……!?　考えたら不安になってきた……!?」

これから温泉宿で大々的に温泉卵を売り出していくには、安全面は絶対疎《おろそ》かにはできない。

こちらのお出しした食品が元で体調を崩されたら信頼も損なうし、客足も遠のいてしまう!?

「農場の外で、大多数の人員と取引するには、農場で飼っているヨッシャモの卵だけでは足りないでしょう。こちらの社会機構で大規模な卵を確保するルートが必要です」

「う、うん……!?」

「しかし、そうなると品質の著しい低下が予測されます。斬新な調理法で味のクオリティは確保できるものの、安全面で不安はぬぐい切れません」

「うん……!?」

確実に安全と言える状態じゃなきゃお客さんに出せないなあ。

ではどうしたらいい？

売り出す卵一つ一つを俺が『至高の担い手』で殺菌していくか？

それは現実的じゃない。

一日に売る数を考えたら俺自身、それだけにかかりきりになってしまう。

このままじゃ温泉卵は売り出せないままお蔵入りに……!?

俺が懊悩《おうのう》していると、その傍らでオークたちが話している。

その話し声が、何とはなしに耳へ入ってきた。

「うわッ!?　あっつい!?」

「気を付けろよ源泉は高温なんだ。下手に浴びたら火傷《やけど》してしまうぞ」

「農場の温泉はちょうどいい温度なのになー」

「あれもいい湯加減で入れるように、水を混ぜたりして冷やしてるんだよ」

「へー、でもこんなに熱かったらゆで卵ができちゃうなー」

「ホントにな、カチカチの完熟卵がな」

「「はっはっはー」」

笑い合いながら作業に戻っていくオークたち。

どうやら湧出元に近い源泉は、さらに温度が高くほぼ沸点に近いようだ。

こっちの湯に卵を浸したら……。

じっくり十五分ほど浸して卵を取り出す。

そして殻を剝《む》き、現れる……。

「完全なるゆで卵!!」

これでは卵を『割る』ことなどできない。

完全固形となった中身から『剝か』ねばならない。

ここまでカッチカチになるまで熱せば、細菌とて生き延びはすまい！

一粒残らず死滅しているはずだ！

「どうだホルコスフォン!?　これならば細菌問題はクリアしたと言っても過言ではあるまい!?」

「少々お待ちください」

ホルコスフォンは手からビームサーベル的なものを伸ばして、それでもってゆで卵を切り刻む。

粉々と言っていいぐらいに刻まれたゆで卵を、納豆にかける。

そして食す。

「美味です。卵は生でも半生でも完全に加熱しても、納豆にあって美味しいことが確定しました」

徹底しているなあホルコスフォンさん……!?

彼女の善悪基準は、納豆と混ぜて美味しいかどうかで完結するのじゃないかと思えた。

「一旦ゆで卵を二つに切り分け、黄身を取り外して細かく砕き、納豆にまぶして絡め合わせたあと残った白身の、黄身を抜いた穴に納豆を盛って食べても美味しいと思われます」

「う、うん、そうだね……!?」

でもホルコスフォンさん?

肝心の安全については……!?

「ただいま食して計測いたしましたが、卵内に有害菌は存在しないことが確認されました」

「マジで!?」

食べながらそんなことができるなんて、さすが天使!

これで温泉卵を安心して売り出せるぜ!!

「しかしマスター……?」

「うッ？　なんだねホルコスフォン？」

「徹底して過熱して殺菌処理するのはいいのですが、それでハードボイルドにして半熟ではなくなったら、温泉卵と言えるのでしょうか？」

「ぐふッ!?」

まあ、まさにそれなんだけど……!?

「……ホルコスフォンよ」

「はいマスター」

「生であろうと半生であろうと完熟であろうと……、温泉を使って加工したならそれは温泉卵だと思うのだよ……!!」

「そうとも言えるかもしれませんが……?」

それ以上言わないでくれホルコスフォン!

すべてを成り立たせる方法はこれしかないんだ!

いずれ絶対安全な半熟卵を食べてもらうために……!

課題は先送りにしよう……!!

さらに開発するぜ。
温泉につきものな風物を。
色々記憶をさらって心当たりを物色した結果、いいものを思い出した。
浴衣。
温泉卵。
次に続くものはこれだ!!
「卓球だ！」
卓球と言えば温泉地で行うもっともオーソドックスなスポーツ！
湯上がりの弛緩《しかん》した体を引き締め、汗を掻《か》き、またサッパリするために温泉に入る。
この無限ローテーションを完成させる卓球は温泉地におけるマスターピース。
現在建設中の異世界温泉宿にも必要不可欠となるだろう。
ということで取り急ぎ作ってみた。
卓球台を。
「おおおおお……!?　何これ!?」
試作は農場で行ったので、プラティやらヴィールが物珍しさで寄ってきた。

「なんだーまた食い物じゃないのかー？　また美味《うま》いもの作ってくれよご主人様ー？」

次は温泉饅頭《まんじゅう》作りにでもチャレンジしてみるからしばらく待っておれ。

しかしその前にまずは卓球だ。

俺の作り上げた卓球セットの出来栄えを見るがいい!!

「なんだご主人様？　ちゃんと美味《おい》しそうな食い物拵《こしら》えてるじゃないか！　早速試食なのだ、あーん……！」

「ッ!?　待て待て待て待て!!　それは食べ物じゃない！　口に入れるな飲み込むな!?」

何をしているかというと。

ヴィールが食さんとしているのは飴《あめ》でも饅頭でもなく、丸いピンポン玉だった。

卓球のために俺が研究を重ねて開発したのだ！

「丸くて美味しそうだが食べ物じゃない！　食べたら健康を害します！　いやドラゴンなら平気かも知らんが!!」

「なんだつまんねー？　じゃあ結局これらは何なのだ？」

よくぞ聞いてくれた！

できたばかりの卓球台を、存分に自慢させてくれたまえ！

「これは……、言うなれば決闘のための設備かな？」

ちょっともったいぶった言い方をしてみた。

「決闘!?　なるほどこういうことね!?」

いきなり卓球台の上に飛び乗るプラティ。

「この狭く小さなフィールド！　この上で逃げ隠れせず、正面からぶつかり合うガチンコバトルってことね!?」

「おおー、小細工の余地なしで面白そうなのだー！」

ヴィール（人間形態）まで卓球台に飛び乗り……!?

「おいプラティ、前々からこの農場で、ご主人様の次に偉いのは誰か決めたいと思っていたのだ！　ご主人様が作ってくれた舞台こそ決着の場に相応《ふさわ》しい!!」

「いいわねえ！　ドラゴンがいつまでも最強面できると思ったら大間違いだと教えてあげるわ！　人魚の底力を見るがいい！」

なんでそんなに自信たっぷりなのプラティ!?

ドラゴン相手に!?

っていうか違う！

卓球台はそんなナイフエッジデスマッチみたいな下がることも避けることも許されない正面衝突の舞台じゃない！

「とりあえず降りなさい！　卓球台は上っていいところと違う！」

「「はーい」」

プラティヴィールを降ろし、仕切り直し。

改めて卓球について説明しよう。

こっちの世界が、卓球をどれくらいスムーズに吸収できるかも二人を通して試験しておきたいし。

「いいかい二人とも？　卓球と言うのはこのラケットとボールを使って競い合うんだ」

「ラケット？　このフチで殴りつけるの？」「美味そうな団子なのだ」

ラケットは武器じゃない。

だからピンポン球は団子じゃないぞ!!

ラケットでピンポン球を打ち、卓球台でバウンドさせて相手のコートへ。

打ち返してまた相手のコートへ。

その繰り返し。

「ミスして打ち返せなかったら負けというルールだ」

「ほー、じゃあそれでやってみましょうか」

血の気の多さが時折判断を誤らせるが、基本プラティはこの世界屈指の頭脳を持ち合わせ、理解は早い。

ヴィールも実はハイスペックなので、すぐにちゃんとした卓球のルールを覚えた。

そしてルールに則《のつと》り、ちゃんとした動きで打ち合っている。

「地味かと思ったけど案外楽しいわね！　ヴィール！　アタシの離岸流スマッシュを受け切れるかしら!?」

「ニンゲン風情が小癪《こしやく》なのだー！　だったらこのおれがたった今編み出した必殺！　ドラゴンクラッシュファイナルエレクトリックレボリューションなのだ!!」

「結局どういう技なのよ⁉」

ラリーが激しすぎてボールが見えなくなっている。

普通のラリーでボールを打ち合う音が、カコン、カコン、カコン、カコン、カコン……というリズムで鳴るとしたら。

プラティとヴィールが打ち合う音は、カカカカカカカカカカカッ！　という感じ。

さすが強者同士がぶつかり合うと卓球でも違うな。

「よし、よし！　試しはここまでにしておこう！」

これ以上放置したら、二人がどんな殲滅型《せんめつがた》の必殺スマッシュを閃《ひらめ》くかわかったもんじゃない。

「二人とも基本は覚えたということで、応用編に行ってみよう！　卓球によりゲーム性を加えてみるぞ！」

「ゲーム性？　どういうこと？」

「これからする卓球は……、ただの卓球ではなく、古今東西卓球だ！」

「「ここん・とうざい・たっきゅうッ⁉」」

声を上げて驚く二人。

本当リアクション体質に磨きがかかっている。

「では実際にやってみよう」

ここからは俺もラケットを持って試合に参加。

変則的な三人マッチだ。

「お題！　野菜の名前！　トマト!!」

叫ぶと同時に球を打ち放つ俺。

打球はプラティへと向かって飛んで行き……。

「えッ!?　ええと……、キャベツ！」

見事お題に適《かな》った野菜名を唱えつつ打ち返す。

次に向かう先はヴィール。

「おろろろろろッ!?　ご、ゴリラなのだ!?」

スカッ！

空振りした上にゴリラは野菜じゃない。

「ヴィール、アウトだ！……このようにお題に合ったものを言いつつラリーするのが古今東西卓球のキモだ。卓球の技だけでなく、記憶力、知識力も求められる」

「なるほど、体だけでなく頭脳までも問われる対戦ってわけね？　面白そうじゃない」

内容を実感で覚えてもらうためとはいえ、説明なしのぶっつけ本番を対処しきったプラティはやはり理解が早い。

対して何故《なぜ》か『ゴリラ』と言ってしまったヴィールは……。

「うがー！　説明なしで酷《ひど》いのだ！　今のは無効試合だ！」

「もちろん今のはただの練習だよ……!?　今からが本番、何ならお題はヴィールが決めていいぞ？」

ヴィールの悔しがり方が本気だったので譲歩してしまった。

まあお題を決める権利ぐらい譲ってあげてもいいだろう。

「よーし！　だったらメッチャ難しいお題で圧勝してやるのだ！……えーと、そうだな……！」

ヴィール、サーブを打ちながら言う。

「お題！　歴代ガイザードラゴンの名前なのだ！」

「えッ？」

「アードヘッグ！」

カコン。

ヴィールの打った球がプラティへ向かう。

「アル・ゴールさん」

「えッ？　えッ？　ええええええッッ!?」

ドラゴンじゃない俺たちがその二人以外知るわけがないじゃないか!?

俺は何も言えず、見事配球を見送った。

「それズルい！　ドラゴン以外知りようがないじゃないか！　偏りのある知識は不公平だ!!」

「でもプラティのヤツはちゃんと答えたのだ？」

「アル・ゴールさんは実際ここに訪ねてきただろうが!!」

面識のある当代と先代しか知りようがない！

公平性を欠くのはアウトだぞ！

「じゃあ次はアタシねー」

ピンポン球を持ったプラティが、ラケットを振りかぶる。

「お題、歴代人魚王の名前！　ナーガス！」

「アロワナ！」

「ちょっとおおおおおッッ!?」

また答えを言えずに見送りした。

偏った知識のお題を出してこないで！　やっぱり面識のある当代と先代しか言えないじゃないい!?

「甘いわね旦那様！　徹底的に自分の有利な状況を作り出すのは当然のことよ！」

「すぐガチ勢になるんだから！」

それだったら俺も歴代アメリカ大統領で勝負してやろうか!?

…………ッ！

何も出てこなかった!?

「さあ楽しくなってきたからキリキリ行くわよ！　次のお題は、薬草キリトリニゲスとクラトライロゲスを調合してできる魔法薬の名前！」

「ついに答えが一個しかないものを!!」

こうして俺は古今東西卓球でプラティとヴィールにコテンパンにやられるのであった。

支障はあったが卓球セットの出来栄え自体は充分ということで……。

また一つ温泉に必要なものが揃《そろ》った。

こうして様々な試行錯誤の果てに……。

温泉宿は完成した！

「なんと素敵な温泉旅館だ!?」

外観はひなびた和風旅館。

やはり温泉宿なら和風がいいよね。

しかし規模はホテル並みに大きく、多くの宿泊客を収容することを想定している。

なんと六階建てだった。

木造で。

「また気合い入れて建てたなー」

「和風建築は我が君のお住まいを建てた時にノウハウが溜《た》まっていますし、オークボ城で巨大建築の経験もあります。これまでの積み重ねてきたものをすべて出し切るつもりで建てました!!」

オークボもテンション上がってるなあ。

本当にオークたちは建物を作るのが大好きだ。

「では中をご案内しましょう。肝心の浴場もご覧いただきたく存じます」

「おお！」

旅館内に設《しつら》えられている浴場は、これまた豪華だった。

「露天と内風呂がある!?」

「農場の風呂を建てた時のことを参考にしました。我らオークで知恵を持ち寄り、様々な種類の風呂を作り分けましたぞ」

露天風呂を主軸に、たくさんの人が入れる大風呂、ブクブク泡が出ている泡風呂、プラティが用意した多種の薬草を漬け込んだ薬湯風呂。寝風呂座風呂。

本当に色々な種類がある。

「農場の風呂場より充実しているじゃないか……!?」

「我が君にご満足いただくために、全力を尽くしました。今の我々が出せるすべての技術を投入しております!」

オークボたちはいつだって全力投球だよね。

おかげで想像以上にいい旅館が完成した。

遊戯室には、俺の作り上げた卓球セットが置いてあるし、土産屋には温泉卵と温泉饅頭《まんじゅう》が置いてある。

それから……、お？

「ここに重ねてある服は……？」

「バティ殿が届けてくださいました。浴衣というものですよね？」

バティ、結局浴衣を作ってくれたのか？

『破廉恥！』と言いながら願いを叶《かな》えてくれるなんて、ツンデレな子だぜ。

「勘違いしないでください！」

そしたらバティ本人が登場した。

「私は仕立て師として、受けた依頼は必ずこなさんとしているだけです！　しかし私の作った衣服で風紀が乱れたなどと評判が立っては迷惑千万！　そこで解決策を見つけてきました！」

「解決策？」

「この帯をご覧ください！」

浴衣とセットになっている、この帯か？

「この帯は魔法がかかっていまして……、自然に解《ほど》けることが絶対にない帯です！」

「何だとう!?」

「ベレナに研究させ、呪いに近い力の宿ったこの帯は、着ている者の手によって解くことはできますが、それ以外で絶対解けません！　どんなに暴れても、激しい動きをしても、結び目はしっかりしているのです！」

それなら……、何かの拍子に帯がほどけて前がはだけ『いやん』な展開になることもない!?

「それだけではありません！　浴衣本体……襟と裾の部分にも同じような呪いがかかっています！」

「とうとう呪いって直接言った!?」

「この呪いのおかげで浴衣自体も絶対着崩れることがありません！　はだけた裾から太ももが見え

たり、乱れた襟元から胸元が見えたりすることもありません！　これぞ安心の絶対防備浴衣です！」

バティめ……！　またまた途轍《とてつ》もないものを発明してくれたな!?

では実際、この浴衣がどれほどの性能を持っているかたしかめてみようではないか！

俺自身浴衣に着替え……。

帯を締めて、襟元もしっかり整えてから……。

「オークボ！　一勝負するぞ！」

「御意!!」

オークボと卓球で遊んでみた。

三ゲームほど打ち合って……！

「凄《すご》い！　全然着崩れてない!?」

長時間の運動でも帯が緩むことなく、襟がはだけることすらなかった。

まるでたった今着つけたばかりのようにピッシリだ。

ちなみに卓球の試合は三ゲーム中、二対一で負け越した。

オークボ強い。

「これで風紀が乱れることもありません！　この宿も清く明るい雰囲気に包まれることでしょう！」

それはそれで寂しいような……。

と思ったりはしないよ？

「浴衣は今のところ二百着用意できています！　そしてそのすべてに着崩れない呪いがかけてあります！　ベレナが頑張ってくれました！」

「それベレナに一方的な負担じゃないかな？」

宿の従業員には人化したオートマトンたちを当てた。

接客経験は農場博覧会の時にできているため安心して任せられる。

これで必要なものはすべて揃《そろ》って、あとは本格的に開業するだけと来た！

「皆で頑張って、多くの人たちに温泉を堪能してもらうぞ!!」

「「「リラックス！　リラックス!!」」」

スローガンは『全力全開リラックス』だ！

逆に疲れそうな勢い。

「だがしかし、ただ開業しただけではいかん」

何せこの宿、中心地から離れた山深くにあるからな。

温泉の湧き出す場所で、かつ静かな雰囲気も求めていたら辺鄙《へんぴ》になるのは仕方がないが。

このままただ営業しているだけでは、世の人々から存在すら認知されず。素通りされまくることに……!?

「開業に先立ってまずやらねばいけないことは……、宣伝だな！」

「この温泉宿のことを世に知らしめるんですね!?」

そういうことだ。

「宣伝も農場博覧会でノウハウを積んでいます！　色々な方法を試せますぞ！」

「パンデモニウム商会に頼めば勇んで協力してくれることでしょうし、またエルロンさんにポスター描いてもらいます？」

俺が何かしら指示を出すまでもなく、皆が自然と最適解をはじき出し、そこへ向かおうとしている。

なんと頼もしいことよ。

これまでの様々な経験を通じて、農場もそこに住む人々も成長してるなあと感じた。

感涙したいところだが、それにはまだ早い。

「皆のアイデアは素晴らしいが……、ちょっと待ってくれ」

「「はい？」」

首を傾《かし》げるバティとオークボ。

「たしかに宣伝は必要だし、キミたちが提示した手段は有効だと思う。しかし、対応にはケースバイケースが大切なのだよ」

「と言いますと？」

この温泉宿は、温泉に浸《つ》かってリラックスしてもらうために建設した。

さすれば、何よりもまずここに来てほしいのは日頃の疲れが溜まった人たち。

この温泉を何より必要としてくれるような、超ド級に疲れた人たちであるべきじゃないか!?

「宣伝活動も誰かれかまわずではなく、より来てほしい人たちに届くよう狙って打つべきではなかろうか!?」

「おおー！　さすが聖者様！　いいこと言いますね！」

この温泉宿は、日頃の疲れに苛《さいな》まれる人たちの一時の逃避場所、オアシスでありたい。

「ということで、常日頃から一番疲れている人と言ったら誰だろう？」

「やっぱり魔王様じゃないですか？　毎日政務がお忙しそうだし」

真っ先に思い浮かぶのは彼だよね。

俺もそう思って、実はもう既に打診しておいた。

しかし固辞された。

「『民にこそ率先して安らいでもらいたい』『だから自分は後回しでいい』んだと」

「さすが魔王様ですね〜」

いたずらに明君ぶりが発揮されただけだった。

彼のことは置いておいて、やはり宿を開いたからにはたくさんの人に来てほしい。

そのために実行したい案がある。

「オークボよ、オークたちを率いて行ってきてくれないか？」

ある場所へ、宣伝のために。

出張宣伝

Let's buy the land and cultivate in different world

私の名はアケロス。

栄光ある魔王軍の軍人である。

階級は尉官。

人生の盛りを過ぎてこの階級だから出世は遅い方であろう。そして恐らく上に行くこともなく退役することになると思う。

自分の才覚を見切るにはもう充分な歳《とし》であったし、それでなくとも人魔戦争の終結によって戦いも……、つまり出世の種も絶える。

あとはこのまま無難に勤め上げ、尉官クラスに相応《ふさわ》しい額の年金をいただいて隠居生活を送れれば、我が人生まあ成功と言えるだろう。

これと言った輝かしさもないが、無事堅実を守り抜けた一生と認められる。

このように先の見えた人生、今更足掻《あが》こうという気も起こらず、とにかく無事凌《しの》げれば安泰。

そんな矢先の出来事だった……。

その日、私はダンジョン探索の任に当たっていた。

魔国内に点在するダンジョン、その一つに入ってモンスターを掃討し安全を確保する。

魔王軍にはそういう仕事もある。

敵国と戦うだけでなく、国内の治安を維持することも重要な責務であり、同族の犯罪者を除けば異類モンスターこそ国の中を徘徊《はいかい》する脅威であった。

モンスターはダンジョン内で発生するから、ヤツらが溢《あふ》れ出す前に巣穴の中で駆除してしまうのがもっとも効率的な方法だ。

だから魔王軍の小隊クラスにはよくダンジョン探索という名のモンスター駆除任務が言い渡され、私たちにとってはもっとも慣れた作業というわけだった。

遠い彼の地、旧人間国では冒険者なる者たちがいて、ダンジョンに関わる仕事を一手に引き受けているというが、こちら（魔国）側ではそれらすべて魔王軍が管轄している。

だから今日も私が、部下の兵士十数名を引き連れてダンジョンに入った。

しかし今日のダンジョンには常ならぬ危険が待ち受けていたこと、不覚にも気づくことができなかった。

実際危機に陥るまで。

「何と言うことだ……!?」

周囲は既に、隙間なく囲まれていた。

どこに潜んでいたのだろうと言うほど大量のモンスターの群れ。

四方八方より押し寄せ、もはや数の上でも我らの一隊が抗しうる限界を超えていた。

かといって逃げることもできない。

取り囲む敵の布陣は隙間なく、突破口を開くこともままならぬのだから。

こちらにできるのはせめて密集隊形をとり、全方位に警戒を向けてモンスターを押しとどめることぐらいであった。

「これだけの量のモンスターが発生していたとは……。予想外だ……！」

いや。

実のところはそこまで予想を外したことではない。

魔王軍はここ数年軍縮が進んでいる。

人間国との戦争が終結し、それほど大きな戦力を抱えておく必要がなくなったから、国力を内政に傾けようという事情も相まって魔王軍は段々規模縮小されているのだ。

人員も大分減り、多くの上司同僚部下たちが手に職持つ者から出て行った。

そうなると、今まで充分な人員で当たっていた仕事を少人数で行わなければならなくなり、自然今まで通りに完璧とはいかなくなる。

このダンジョンも、前に掃討した時から随分間を空けてしまった。

我が一隊で処置すべきダンジョンの数が、軍縮前より増したからだ。

「適正間隔の倍の時間を空けてしまった……！　そりゃモンスターも増加しているわけだ……!?」

そうした危険を予期できず、いつも通りの編成でダンジョンに入った私のミスでもあった。

大事をとって上に具申し、追加人員を送ってもらうべきだったのに、それを怠った。

その結果の包囲だ。

私のミスで私一人が死ぬのはかまわぬが、部下まで付き合わせるのは忍びない。

何としてでも地上へ生還させてやらねば……！

私は副官へ確認する。

「人員は……、全員いるな？　脱落者は出ていないな？」

「はい。ですが、このままではいずれ……!?」

一人残らずモンスターどもの餌食になる。

ただでさえ軍縮が進んでいる魔王軍では、ここで耐え凌いだところで救援が来る見込みは薄い。

ならば一《いち》か八《ばち》かで突撃、ダンジョン脱出を試みるのが唯一の生還の望みだ。

……無論、危険は伴うが。

「……全員聞け、我々はこれより一点突破を図る。私が先頭に立つから皆これに続け」

「隊長!?　それでは……ッ!?」

「曲がりなりにもこの隊で一番強いのは私だ。より強力な魔法も使うことができる。だから私は諸君らより階級が上で、隊長を任されているのだ」

モンスターどもの包囲網を突破するには、強固な貫通力が必要になる。

私の最強魔法こそ矛先に相応しかろう。

「しかし隊長！　最前面に立つということは、敵の攻撃の矢面に立つということ！　その分死亡率が……!?」

「わかりきったことを言うな。隊長の責任は、部下を一人でも多く生還させることだ」

そのために命を懸けるのは当然のことだ。

「いいな。とにかく包囲の一番薄そうなところを見つけ、そこへ突撃する。総員反撃など考えるな。脱出することだけを考えろ！」

「隊長！」

「何、既に大戦が終わって華やかさの欠けた世の中だ。いい死に場所を得たと思うべきかもな」

退役からの年金暮らしも夢想していたが、思った以上に私は軍人らしい。

華々しい戦死も、それはそれでいいと受け入れてしまうのだから。

しかし部下たちはそうではないかもしれぬ。

生きて帰ることを望む部下たちを家族の下へ帰してやるため……。

魔族軍人アケロス、最後のいくさに挑む！

「うおおおおおおッッ!!」

私がモンスター群へ向けて、決死の特攻を仕掛けんとしたまさに直前……。

当のモンスターたちが吹っ飛ばされて散った。

「はあああああああッッ!?」

いきなり激流と見紛《みまが》うような闘気の放出が、モンスターどもを飲み込み諸共《もろとも》押し流したのであった。

あまりに凄《すさ》まじく大規模であったので、数十体のモンスターが一度に駆逐された。

「どういうこと!?　どういうことだ!?」

私としては、生命の危機そのものであるモンスターが消え去って命拾いなんだが……。

……でもなんで？

なんで一瞬にしてモンスターが消えた？

「隊長！　あれを！」

「今度は何だ!?」

「オークです！」

オーク!?

新手のモンスターか!?

オークと言えば有名な擬人モンスターだから、このダンジョンで湧き出たとしても不思議はないと思ったが……!?

「他のモンスターたちと戦っています！」

「なんで!?」

新たに出現したオークは何体かいたものの、他種のモンスターたちと交戦し……、というか一方的に駆逐している!?

最初の闘気砲だけで半数近くを吹き飛ばしたのだが、残存勢力も見る見るうちに……、まるで草を刈るかのように簡単に潰していく？

オークってあんなに強かったっけ!?

我々が呆気《あっけ》に取られているうちに、ついにオーク以外のモンスターはすべて駆除され全滅してしまった。

この場に残ったのは、我々一隊とオークたちのみ。

「隊長……!?」

「油断するな、ヤツらが味方と決まったわけではない」

むしろモンスターであれば基本、敵。

あのオークたちも邪魔者を排除してからゆっくり獲物にありつこうとしているだけかも……。

オークの一体が進み出て、こちらに歩み寄る。

……なんだ？　この凄まじい覇気は!?

「……疲れているようだな？」

「はい？」

オークが喋《しゃべ》った!?

「度重なる激務に戦い、心も体も相当な疲労を重ねていると見える。そんなアナタに、是非紹介したい場所がある！」

オークから、なんか紙切れを渡された。

紙切れはやけに色彩鮮やかで……絵？　文字も書かれている？　なんて読むんだこれ？

オンセン!?

「温泉は、必ずや貴殿の疲れを癒し、心をリフレッシュさせてくれるであろう。休日にお越しくださることを願う。……皆の衆！」

一番立派そうな気配のオークが、他のオークに呼びかける。

「ここでの宣伝は終わった！　次の現場に向かうぞ！　日々の仕事に疲れた兵士さんたちに、温泉宿を告知していくのだ!!」

「「「了解！　オークボリーダー!!」」」

こうしてオークたちは風のように去っていった。

ダンジョン内のモンスターは全滅。

魔王軍の一隊をもってしても逃げるしかない大群をあっという間に蹴散らした、あのオークたちは一体何？

そして彼らのおかげで私も命を拾うことができたんだが……！

実感持てない!!

一番疲れている人

私は、魔国宰相ルキフ・フォカレ。

魔族の者だ。

もうかれこれ五十年、内務官として魔国に仕えてきた。

なまじ出仕の期間が長いだけに、主君たる魔王様にも一代限りでなく世代を越えて幾人にもお仕えした。

当代の魔王ゼダン様が、我が生涯における三人目の主君となる。

四人目に仕えることはあるまい。

さすがに私も歳《とし》をとりすぎたがゆえに、老い先短い命が燃え尽きるより早く、英邁《えいまい》なるゼダン様の御世《みよ》が終わるなど考えたくもない。

あの御方《おかた》のおかげで、不才の身ながら魔国宰相という過分の地位をいただくことができた。

私個人としては位人臣《くらいじんしん》を極め、残りの生に憂いはない。

あとはこの命続く限り魔国に尽くし、魔国のためにありたいと願うのみだが……。

この日も、私は魔国宰相としての政務にとても忙しい身であったが、ある御方が来訪されたことで予定が色々狂いそうだった。

「よっ」

「お帰りください」

大魔王バアル様であった。

先代魔王ともいう。

この御方が現役魔王であった頃は、私もまだ宰相ではなかったが、それでも一役人としてお仕えしていたので面識はあった。

気さくに話し合える程度の仲ではある。

「邪魔です、お帰りください」

「ちょっと気さくすぎやせんか？」

引退したアナタと違って、私は今でも忙しいんです。

宰相である私は、いわば内政の要。

魔国の財務、法務、祭礼、人事すべてを取り扱って魔王様を補佐しなければならぬ。

正直言ってめっちゃ忙しいのだ。

楽隠居した先代魔王に関わっている時間などない。

「そんな冷たいことを言って……。お前とワシは、共に政権を担って戦い抜いた仲ではなかったか。ワシが魔王在位の頃、お前はまだ宰相ではなく財務大臣であったが、それでもよく働いてくれた……！」

そうですね。

芸術ばかりに目を向けて散財止まらぬバアル様のために、当時財務大臣だった私が財源確保のためにどれだけ苦心したことか……！

「当時の評判でも『ルキフ・フォカレがいなければ魔国は財政破綻を起こしていただろう』とまで言われた。救国の英雄と言ってもいいぐらいだぞ。ゼダンが自分の代になって、お前を宰相に取り立てたのも、それらの功績が認められたからであろう？」

「そもそもなんで財政破綻しかけていたのか、わかってないんですか……!?」

アンタが湯水のごとく金使いまくるからだろーが!!

なんだかよくわからん絵に法外な値打ちをつけるわ！

博覧会やら美術コンクールやら毎週毎日のように開催するわ！

それでいて人間国との戦争は続けるわ！

あれでよく国庫がもったわ！

……そして政権交代後、私が宰相に抜擢《ばってき》されたのは、その時のやりくりが新王ゼダン様に評価されたからだけではない。

『このままバアルのアホを魔王に据えたままでは魔国終わる！』と真剣な危機感をもって、ゼダン様の擁立を全力支援したからだ。

この私が。

その時の恩義でもってゼダン様は私を宰相にしてくださった。

お陰で負担も増えたがな。

財務大臣の時は当然ながら財務だけを見ていればよかったのだが、宰相になって魔国の内政全般を受け持つようになってしまった。

当然負担の量は増す。

そもそも軍事外政を司《つかさど》るのが四天王なれば、対照的に内政を司って四天王と対になるのが魔国宰相。

魔国を支える両輪として責任重大であるだけに、仕事量も半端なものではない。

ゼダン様在世中の大快挙で宿敵人間国を滅ぼし、数百年にわたる負担となっていた戦費を取り除くことができた。

これで少しは楽できるかな？　と期待していたのも束《つか》の間《ま》、今度は支配地として手に入った人間国の統治のために負担がのしかかった。

単純に今まで一国を治めてきたのが、ある日突然二国治めろという話になった。

負担も単純計算で二倍。

滅亡前、人間国の王族は相当放埒な国家経営をしていたようで、財政は火の車になっていた。

占領府の政務官だけでは手に負えず本国へ支援要請が来て、結局私みずから財務再建を手掛けなければならなかった。

また負担が増える。

というわけで現在の私は、役人一筋五十年の中で最高潮に忙しいと言ってよかったのだ!!

「だからアナタのお相手をしている暇などないのです。遊び相手が欲しいならアナタがパトロンしている画家でも彫刻家でも好きにお声がけすればよろしいでしょう。私を巻き込まないでいただきたい」

「ワシはお前を心配しているのだ。ワシの治世だった時から働き通しだろう？　時を追うごとに忙しさも増しているのであれば、いつかは焼ききれてしまうぞ？」

「アナタが現役だった時の私の忙しさは、間違いなくアナタが原因だったんですが!?」

しかしまあ。

代替わりしてゼダン様の治世になってからの忙しさは、さすがにこの人の責任ではないが……。

当代先代を比較すれば、今の方が間違いなく忙しい。

しかしそれは、英雄ゼダン様による大々的な改革のためであり、目の回る忙しさに相応《ふさわ》しい充実感はある。

ここで魔国と旧人間国の融和を完全なものとし、分け隔てのない新体制を確立させれば、以後数百年にわたって世界平和が継続していく。

為政者として、これ以上やり甲斐《がい》のある仕事はあるまい。

「それゆえに私は、かつてバアル様にお仕えしていた時などよりも日々充実しているのです。この情熱すべてを、人間国を併呑《へいどん》した新生魔国の基礎作りに注ぎたいのです！」

「昔っから真面目なヤツだったが、ここに来て際立っておるな」

大魔王様に呆《あき》れ顔《がお》をされるとなんかムカつく。

「情熱を燃やすのはいいが、根を詰めすぎて体を壊したら、それこそ大事業を途中で放棄することにもなりかねんぞ？　そうなったらお前、死んでも死にきれんだろう？　無念のあまりタナトス神の鎌を逃れ、現世にしがみつく死霊と化してしまうぞ?」

「それは……!?」

大魔王様から正論を告げられるのがムカつく。

「体をいたわることも大事な任務だ。少しぐらい政務から離れて、ゆっくり休んだ方がいいではないか? 長く働くためにもな」

「私、アナタより年上なんですがね?」

どの道あんまり長く働き続ける気もないのだが、しかし満足いく仕事をするためにも健康に気遣わなければならない。

「たまには立ち止まり、体を調整するのも必要なことか……?」

大魔王様に指摘されて実行に移すのも癪《しゃく》なんだが。

「そうなればワシからとっておきの場所を紹介してやろう! そこに行けばどんな疲れもたちどころにとれると言うぞ!」

「いや、休むにしてもなんで大魔王様の紹介した場所に行かないといけないんです」

私も子どもではないのだ。

休日の過ごし方ぐらい自分で決めたい。

「そう言うな。実は最近できた楽しい場所での、ワシも行ってみたいのだが何やら本当に疲れている者でないと利用させてくれんというのじゃ。だからワシ一人では入ることを許してくれん」

「ほう?」

「だから お前と同伴なら入れると思っての」

「てめえ……！」

珍しく訪ねてきたと思ったら、そういう魂胆だったのか!?

魔国宰相をダシにしようとは!!

「ゼダンからも許可を得ておる」

「魔王様が？」

「ヤツもヤツなりにお前のことを心配しているんじゃよ。今のところ魔国の内政はお前一人が支えているようなものだし、ヤツが魔王に就けたのもお前の支援あってこそじゃ。アイツは、お前への恩義を感じているぞ。『実の父親より父だと思っている』と言っておったわ」

「それをアナタが言いますか？」

自分で言ってて悲しくなりませんか実父？

……しかし、ゼダン様がそこまで私を気にかけてくださっていたとは。

あの方が稀代《きたい》の明君であることは今や疑いない。

私の内政官としての最大の幸福は、晩節に差し掛かってあのような哲人にお仕えできたことだ。

それはもう疑いの余地はない。

「現役時代のワシに仕えることができたのも幸福じゃろう？」

「……はーん」

そんなゼダン様が私め風情をいたわってくださるならば、それに応えないことが不敬と言える。

ここはゼダン様の勧めに従い、骨休めしてみるか。

「やっほう！　これでワシも同伴して温泉宿に行けるぞ！　持つべきものは、よく働く臣下じゃのう！」

何故《なぜ》アナタまで一緒に行くと決まった？

と言うか、どこに行くって？

「聖者殿が新たに作ったという施設じゃ！　温泉宿とかいう名で、まあ楽しいところなのは間違いない！　共に満喫しようではないか！」

なんで極たまの休みをアナタと一緒に過ごさなければいかんのですか。

しかし気になる単語が出てきたな。

聖者の温泉宿？

一体何なのだ？

到来温泉宿

| Let's buy the land and cultivate in different world |

引き続き魔国宰相のルキフ・フォカレだ。

休暇を取って、骨休めすることにした。

休むにあたって政務に滞りがないよう、先んじて片付けられる仕事はできる限りすべて片付け……。

私の不在中の処置を部下たちに指示し……。

万一の場合に対するマニュアルを数冊作成してから、やっとの出立であった。

「休むために余計疲れておる……!?」

何故か休養先へ同行してくる大魔王バアル様。

我が生涯で『殺したい』と念じた回数最多の相手。

この人が傍にいる限り心休まらない気がするんだが。

ただ、今回の休養場所がこの人の紹介だからな。

一体どこへ連れていかれるのやら?

「着いたぞー」

「早いですな」

転移魔法を使ったからな。

やっぱり便利だなこの魔法。保安上の理由で制限しているが、より円滑な執務のためにも使用者を増やした方がよいかも。

「ほれ、ここがお前を連れてきたかった場所じゃ」

「ご自分が来たかった場所では？」

大魔王様相手にはどうしても言葉の棘《とげ》を抑えることはできないが……。

目の前に広がる景色は、そんな私の気分を晴らすに充分だった。

「何だあの建物は……!?」

ここがどこぞの山奥であることはわかった。

緑に溢《あふ》れて閑静で、地形が起伏に富んでいるから、ただ風景を眺めるだけでも目に楽しい。

しかし一層目を引くのが、自然のただ中に聳《そび》え立つ建築物。

あれは何なのだ!?

塔か!?

そう思えるほどに軒が高い。

一体何階建てなのだろうか？

外観から数えてみるに……一、二、三、四……!?

「六階建てじゃ」

「ろっかい!?」

そんな高い建築物ができるものなのか!?

しかもあれ、外観からでもレンガや石材を使用していないことは一目でわかる。

木造だ！

木造でそこまで大きな屋敷を建てられるものなのか!?

「フッフフフフ……、驚いておるな？　さすればお前をここまで連れてきた甲斐《かい》があるというものじゃ」

大魔王様が得意げに……!?

この人がいい気になってるだけで無条件にムカつく。

「あれを建てた者どもの技がそれだけ卓越しているということじゃ。中に入ればもっと驚くことであろう。だからこんなところで呆《ほう》けてないでさっさと行くぞ!!」

「はいはい」

大魔王様に急《せ》かされて、進む。

あの奇怪な建物へと近づいていく。

するとまず門へと行き当たった。

その門の傍らには、やはり木でできた看板が掲げられていて、そこには『この門をくぐる者、一切の疲れを捨てよ』と刻まれていた。

「この門がのう、特に疲れていない者がくぐろうとすると弾《はじ》き返される魔法がかかっておるんじゃ」

「だったらアナタは弾き返されるのでは？」

「だからお前を連れてきたんじゃろうが！　ゴネにゴネまくって同伴者としてなら入所可能という

条件を取り付けたのじゃ！　お前と一緒でようやく入れるぞ!!」

また不特定多数に迷惑をかけて。

そんな魔法がかかっているならいっそ今度も『コイツだけ弾き返してくれないかな？』と思ったが、願い虚《むな》しく私も大魔王様も門を潜《くぐ》れた。

「やったー！　これで温泉旅館を堪能できるぞ！」

「ちッ」

舌打ちなんてしていないぞ？

しかし、結局そのオンセンリョカン？　というのは何なのだろうか？

大魔王様の美しいものを見極める眼力はたしかだ。それに翻弄され苦労を重ねてきた私は、業腹ながらそのことを誰よりも理解している。

その大魔王様がこうまで執着するということは、さぞや審美的な方面で凄《すご》いものが待っているのは疑いないか……？

「ようこそおいでくださいました」

そう言って我々を出迎えたのは、何やら奇妙な装束の女性たちだった。

恭しく頭を下げ、最大限の礼を払っている。

「当旅館の仲居を務める者でございます。ルキフ・フォカレ様とその付き添いの方でございますね？　ご予約は承ってございます。お部屋は既にご用意してありますのでご案内いたしますね」

「うむ、苦しゅうない」

天下の大魔王様を付き添い呼ばわりしやがった？

すでに引退した身とはいえ大魔王バアル様はかつての魔国支配者にして、現魔王の実父。

今でも魔国でもっとも敬服されるべきお方の一人であるのだが、ソイツを差し置いてのここまで丁寧な物腰。

けっして私を魔国宰相だから敬っているというわけではないのか？

そうならば私よりも大魔王のヤツを先に立てるはずだからな？

私の推察は、建物内に入って益々《ますます》確信に近づき、中では多くの客とすれ違ったが、ナカイとかいう従業員は誰にでも分け隔てなく礼を尽くしている。

ここで働く者たちにとって、客の社会的地位など関係ない。

すべてが最大限に敬うべきということか……!?

「こちらがルキフ・フォカレ様とその他のためにご用意させていただいた『牡丹《ぼたん》の間』でございます」

案内されたスィートルームはこれまた豪勢なものだった！

「おおおおお……!?」

「部屋には履き物を脱いでお上がりください」

なんだこの……、見たこともない質感の床は!?

踏み心地が良すぎる!?

「畳でございます」

「うおおおおッ!? 窓からの眺めも最高じゃぞおおおおッ!?」

「五階ですので」

はしゃぐな大魔王。

しかし、このルームの居心地のよさは朴念仁の私でもわかる。

部屋へ辿《たど》りつくまででも圧倒された。

この建物は外観だけでなく内装も、圧倒される出来栄えだった。ロビーには、室内だというのに池があったり、また花や調度品で品よく飾られていたりと、いかにも大魔王様が好みそうな意匠だ。

しかし驚かされるのは文化的な面だけでなく、文明的な面でも驚かされた。

このルームは五階にあるらしいが、私ももう歳《とし》。そんな階まで階段で上がったら息切れして足腰もガタガタになってしまう。

しかしそうはならなかった。

私はこの足で一段も上がることなく五階まで辿りついたのだ。

「あの……ナカイさん? ここへ上がるために使った……?」

「エレベーターでしょうか?」

そうそれ。

あれは実に不思議な施設だった。

小さな部屋に入ったと思ったら、その部屋自体が上昇し、私たちを上階まで連れて行ったのだ!

「当旅館のオーナーが考案いたしました、各フロアへ労なく行き来するための装置です。魔法を動力にしています」

「そ、そうか……!?」

「それでは、ご夕食の時間までお寛《くつろ》ぎください」

そう言って部屋から出ていくナカイ。

その所作は感心するほど流麗で、足音一つ立てなかった。

「よしルキフ！　早速温泉に入ろうぜ！　温泉！」

落ち着く暇もありませんな大魔王様。

しかし前から何度もオンセンオンセンと、一体何なのです？

「説明するより浸《つ》かる方が早い！　下調べはもう済んでいる！　まずは天空風呂に行こうぞ！　最上階にあるらしい！」

「はあ……!?」

大魔王様に連れられてルームを出る私。

とりあえずここに来て充分驚いたと思うのだが。

これ以上まだ驚くことがあるというのか……？

「なんだこれはああああああああ……!?」

驚いた。

温泉というものの気持ちよさに!!

湯の中に浸かるということがここまで気持ちのよいことだったとは!!

しかもなんだ!?　この湯を貯《た》め込んである水槽のある場所は？

最上階ではないか!?

外観でも圧倒された六階建ての建物の一番上に、こんな大量にお湯があるなんてどういうことだ!?

「魔法動力のポンプで最上階まで汲《く》み上げておるらしい。そもそもこのお湯も、さらに地下深くから湧き出ているということだから、聖者の作り上げた施設のいちいち凄《すさ》まじいことよ」

むむむむむむむ……!?

この建物自体からそれにまつわる装置に至るまで、一つとして例外なく目を見張るものばかり。

これを作り出したのが、どんな天才か怪物であるのか。

私は魔国宰相として興味と警戒を高じさせるのだが……。

でも今は……。

温泉が気持ちよすぎて考えがまとまらない……！

体が溶けていくぅ～……!?

お湯に溶けていくぅ～……!?

温泉のあまりの気持ちよさに、あの大魔王と全裸で並んでいるという状況のキモさに気づくまでに時間がかかった。

気づいたらもう随分とキモかった。

しかしキモいからといって浴槽から出たいとは思わない。

それぐらいに温泉が気持ちいい！

しかも体感がいいだけでなく、見晴らしもいい。

天空風呂といったか。

その名前に恥じぬ、空に浮くような眺めではないか！

六階建てという、魔都にもなかなかない高層な建築物の、その頂上に設《しつら》えられているのだ。

元々山間に建てられた旅館だけに、連なる山々の遠景を一望出来て素晴らしい。

そうして目を楽しませながら、体は温かな湯に浸《つ》かって溶けていくような心地なのだ。

世の中にこれほど贅沢《ぜいたく》な時間があったとは!!

日々の政務で溜《た》まった疲れが湯の中に染み出していくようだ!!

「ほほう！　たしかにこりゃいい場所じゃのう!!」

そしてあんまり疲れてなさそうな人はひたすらはしゃいでいた。

くっそコイツさえいなけりゃ、もっと静かに疲れを癒せたのに。

「やはりここには疲れを溜め込んだ者だけで来た方がよさそうですな……」

「お前もここのよさを認めてきたか？　そうじゃろうそうじゃろう！　ではガンガン行って次のスポットに参ろうぞ！」

えッ？　移動？

私もうちょっとここに浸かって体を癒したいのですが？

「この旅館には、他にも色んな種類の風呂があって打たせ湯とか、泡風呂とか、壺湯《つぼゆ》とか、他のフロアにあるらしいんじゃ！　コンプリートしないともったいないじゃろう！　ガンガン行くぞ!!」

はしゃがないでください。

クッソ体力有り余っている老人は動きが激しい。

こちとら中途半端に癒しを実感したせいで、体が疲れを思い出してガタガタしてるんだが。

もうちょっとゆっくり浸かって体からじっくり疲れを染み出させたいんだが……。

仕方ない。

大魔王様のノリと勢いは今に始まったことじゃないからな。

現役時代もこういった勢いに乗せられて無茶な予算案を作成し押し切った。

今ではいい思い出だ、いいや嫌な思い出だ。

「時間はたっぷりありますから最初の方だけは付き合いますか」

「それでこそ我が忠臣！」

やめんか忠臣呼ばわり。

そんなわけで私は名残惜しいもザバリと湯音をたて、一旦天空風呂をあとにした。

そしてすぐ戻ってきた。

別階にある他の入浴施設を回り、締めに卓球とかいう遊戯で大魔王様をコテンパンに叩《たた》きのめしてから別行動になった。

大魔王様は旅館の外にある秘宝館なる施設を見に行きたいと言っていたが、さすがに付き合いきれなくなった。

そうして私は最初の天空風呂に戻り、湯に浸かるのである。

「くぷぇ――――――――ほ」

やはりこの湯はいい。

疲れた体がお湯に溶けていく。

そして凄《すさ》まじい施設だと益々《ますます》実感する。

この天空風呂、高層建築の屋上に湯を運び込むなど相当な労力だろうに。それを惜しげもなく遂行しているところがまた凄《すご》い。

この浴槽、男同士で気持ち悪くならない程度に距離をとって、余裕をもって入浴しても二十人は楽に入れる規模ではないか。

そんな大浴槽を満たす定量のお湯。

六階の屋上まで運び込んでくるにはどれほど強力なポンプ魔法が必要になるのか。

しかもそれを常態的に……!?

「警戒が必要かもしれんな」

浴槽で疲れを癒しながら、心は魔国宰相であることを忘れられない。

ここまで高度な技術を持った者。何者かはわからぬが仮にも魔国の敵と回れば負けぬとしても面倒なこととなるのは必至。

何かしら処置を講じておくべきではないか、しかし相手の実像もわかっていない段階で騒ぎ立てると逆に藪蛇《やぶへび》となりはしないか？

その辺大魔王様から詳しく聞ければいいんだが、あの人からまともな答えを得られるとは思えないし……。

「よくない表情をしておりますな」

「うおッ!?」

唐突に話しかけられビックリした。

ザバンとお湯を揺らしてしまった。

「誰かおる!?」

「これは失敬。驚かせてしまいましたな……」

いつの間にか同じ浴槽に、別の者が入っていた。

誰だ？　初めて見る顔だ？

しかしこの風呂は共同施設だと聞いておるし、私以外の誰かが入浴してきたとしても全然不思議ではない。

ここでは私も魔国宰相ではなく、ただの一般湯治客。権威ばらずにせねば。

「いや失礼……、考え事をしておりましてな」

「それで眉間に皺《しわ》が寄っておりましたか。思索は楽しゅうありますが、ここは疲れを癒し、明日への活力を育むための場所。難しいことを考えては取れる疲れも取れませんぞ」

たしかにそうだ。

ここでは一旦すべての仕事を忘れるべきなのかもな。

しかしこのいきなり話しかけてきた湯治客。なんとも落ち着いた風格よ。

見た感じ若々しい……二十代か三十代だろうか？

肌の色からして人族のようだが、それにしても若さに似つかわしくない貫禄《かんろく》がある。

「しかしこの風呂は壮大ですなあ……。このような高所に、このような大量の湯。一体どうやって運び込んだものかと……!?」

「考え事の内容はそれですかな？」

あっさり見抜かれた。

世間話風に誤魔化したつもりなのに、なんだこの御仁？

「建物の最上に浴場を築くというのは、施工主の発案です。そもそも源泉は地中深くありまして、深さはこの建物を縦に並べての六十棟分はありますからな」

「そんなにですか!?」

「そこから湧き出すお湯を、ベレナが考案した新式ポンプ魔法で汲《く》み上げておるのです。まあそこまで深いところから出ているのですから、地上でさらに高所に運んだところで誤差範囲……というわけです」

聞けば聞くほど凄いことだ。

そんなポンプ魔法が実在するなら、井戸だってさらに深いところから掘りだせて魔国の水源事情ももっとよくなるだろうに。

やはり、この温泉旅館……。

ただの娯楽施設と見せかけて恐ろしい技術の結晶体だ！

「あの、失礼ながら……？」

私は注意深く言葉を選んで問いかける。

この若い人族に。

「そこまで深く事情に通じるアナタは、この温泉旅館と何か関わりが？　もしやアナタこそが……？」

「いや、単なるご近所と言ったところですよ。よくしてもらっております」

さりげなく言っているけど、これガチガチの関係者!?

ここはより親密な雰囲気を築いて、情報を聞き出さねば!?

「いけませんぞ宰相殿。また眉間に皺が寄っています」

「!?」

私が魔国宰相であることを見抜いて……!?

「ワシもかつてそれなりの地位におりましたから、アナタのような責任の大変さは共感できるつもりでおります。だからこそアナタにはここで、すべてを忘れてお寛《くつろ》ぎいただきたい」

「う、うぬ……!?」

「本当に大事なものは、荷から下ろしたあとでも自然に還《かえ》ってきましょう。それを持ち上げる体力を取り戻すためにも、ここでは一旦手ぶらになりませんとな」

なんと含蓄ある言葉なのだ……!?

とても二、三十代の若僧《わかぞう》が吐けるセリフとも思えん!?

よく見ればこの御仁、とても人とは思えぬ異様な魔力に包まれていないか?

偉大というか禍々《まがまが》しいというか……!?

このような魔力をまとっているこの御仁自体も、尋常な者ではない……!?

「遅れて申し訳ないが、御名を聞かせていただけまいか？」

湯の中で威儀を正す。

「人族にありながらその強勢なる魔力。賢者の佇《たたず》まい。相当なる御仁とお見受けした。もしよろしければ、その叡智《えいち》をもっと語ってくださされませんか？　魔国の発展にも寄与できると存じます」

「いけません、いけませんぞ……」

御仁はカラカラと笑って湯を波立たせる。

「ワシもアナタも、ここではただの湯治客。裸で一緒の湯船に浸かっているのに。肩書きも使命もありますか」

「ううむ……!?」

「心配せずとも、ゼダン殿がいる限り魔国は安泰にあろう。このような年寄りの出る幕ではない。今は不安も悩みも、湯で流し落とそうではありませんか」

そう言うと御仁は立ち上がり、湯から上がる。

「あの！　どちらへ……!?」

「あまり長く浸かるとのぼせますでな。湯から出て、寒風に体を冷やしまた湯に浸かって温まる。これを繰り返せば体の疲れもたちどころに吹き飛びますぞ」

そう言って去って行かれる御仁。

ううむ……!?

この温泉旅館とやら、私が想像するよりももっと凄まじい場所なのかもしれん。

同じ利用客としてあのような賢人と出会うとは。

あの方を魔国中枢に迎え、国政に参加させたいぐらいだ。

何とかこの休養期間中に口説き落とせないものか。

……と考えている時点で私は、休暇の取り方も上手《うま》くなれない仕事人間なのだなとわかった。

俺です。

竣工《しゅんこう》した旅館が無事営業をスタートしております。

かつてのオートマトン女性たちが、仲居の仕事が板について実にキビキビ働いている。

博覧会の時の経験が生きているな。

このために仕立てられた和服も実に似合っているし、完成した温泉宿は期待通りの出来だ。

俺も発案者として営業に協力しようと、旅館内の見回りをしているところだ。

何かトラブルがあったら率先して解決に動きたい。

「おや、先生」

「聖者様、いいお湯でしたぞ」

という風に旅館内の廊下を歩いていたら、ノーライフキングの先生とバッタリ会った。

四階でのことだ。

「どうでした天空風呂は?」

「いいお湯ですし、眺めは最高ですし言うことがありませんな。温泉は農場でいつも入っておりますが、遠くまでやってきた甲斐《かい》があったというものです」

それはよかった。

世界中の疲れた人のために癒しとなってほしいという願いの下に建てられた温泉旅館。

実際に疲れた人を癒してくれたら、それが何よりの喜びだ。

「そういえば、浴場で篤実な御仁と一緒になりましたぞ。噂《うわさ》の魔国宰相のようでしたな」

「ああ……」

その話は聞いている。

大魔王バアルさんが疲れてもいないのに『温泉旅館を堪能したい！』と駄々をこねたので、仕方がないから『じゃあ誰か疲れている人を一緒に連れてこい』と条件を出したのだ。

マジで条件満たしてきやがった。

「魔王さんからも宰相さんのことを頼むとお願いされたから、全力で歓迎しないとね！」

「あの人こそ芯から疲れているようですからな。ここの湯が効くことでしょう。ワシのように潤ってほしいものですね」

先生、アナタは物理的に潤ってますからね。

アンデッドの王、ノーライフキングであらせられる先生は普段肌が干からびてミイラもしくは即身仏のような風体をなさっておられる。

それが温泉に浸《つ》かることで水分を吸収し、生前の姿に戻ることが可能なのだ。

しかも美形！

温泉から上がりたての今はまさにそんな感じだった。

まあ上がったらほどなく元の状態に戻られるんだけどね。

『そう言えば聖者様』

ほら、もう戻った。

いつものノーライフキングの先生だ。

『アナタもヴィールから何か言われておりませんかな？　ヤツから呼び出しを受けているのですが……？』

「ああ、それ俺もですよ」

ドラゴンのヴィール。

この温泉旅館開設に当たって、アイツも何かやろうとしているらしい。

湯治客がより楽しむためにイベントを用意したそうなんだ。

それをやるために所定の時間に集まるようにと言われている。

「アイツもすっかりイベント好きになったものだなあ」

最近では見ず知らずの冒険者に振る舞おうと屋台を引いてラーメン作りに行くし。

いつだったかアレキサンダーさんとこのダンジョンで月間イベントを開催し、大好評だったという話を聞いている。

それで味を占めたのだろうか、この温泉旅館でも何かやりたいということでこれからやるらしい。

「盛り上がるのはいいことなので無視せず付き合ってやろうと思っています」

『では共に参りますか』

先生も案外乗り気なのが微笑《ほほえ》ましかった。

ヤツは、ここの旅館の客室の一つで待ち受けているという。

場所はたしか……五階だっけ？

途中、同じく天空浴場で温泉を楽しんでいたプラティやジュニアとも合流し、指定された部屋の前へと到着。

「ここか……!?」

何の変哲もない客室の一つ。

ここでヴィールが何かするのだという。

「一体何なのよ……？　アイツの思いつきで客室が一つ潰れるのは問題なんだけど？」

「まあまあ……!?」

とりあえずアイツが何をやろうとしているか、この目で確認しようじゃないか。

「ヴィール？　いるのか入るぞー？」

「がははははー、おれ様はここにいるのだ！」

「うわっ？」

ヴィールいた!?

部屋の外に。

なんでだよ？　呼びつけたからには部屋の中で待ってるんじゃないのか!?

「ご主人様、この扉には鍵がかかっているのだ」

「はあ？」

「だから、中に入るには無理やりこじ開けるしかないのだー」

はあああああッッ!?

何言ってんの、このバカ竜？

作ったばかりの温泉旅館なんだぞ、いきなり壊すな!?

「……という設定でドアを開けるのだー」

「はあ……!?」

普通に開くじゃん。

なんだよ設定って？

「こうして部屋の中に踏み込んだ住人たち！　そこで見たものは、想像を絶する惨劇だった！」

「何のナレーション？」

こうして皆で客室の中に入ると、中には大魔王バアルさんがいた。

畳の上でうつ伏せになっている。

「……何してるんです大魔王さん」

「ワシは殺されてしまったー」

マジで何言ってんだ？

自分で『殺されました』と宣言する死体がどこにいる？　しっかり生きているじゃないか？

なんだこの執拗《しつよう》な小芝居感は!?

「何と言うことなのだ！　大魔王のジジイが殺されてしまったのだー!!」

そしてなおも小芝居を続行するヴィール。

ジジイとか言ってやるな大魔王さんを。

「しかしおかしいぞ！　ここはドアの鍵が閉まっていて、窓からも出入りができない！　ジジイを殺した犯人が、ここに入ることも出ることもできないはずだ！　つまりこれは…………ッ!!」

大きく溜《た》めて……。

「密　室　殺　人　だッ!!」

キメ顔で言ってきた。

うーん……。

「もう少し詳しい説明くれない？」

「わからないかご主人様！　情報源はご主人様だというのに!?」

え？　俺？

「ご主人様が言ってたではないか。温泉と言えば、つきものは殺人事件だと!!」

「言ってねえよそんなこと！」

……あ。

いや言ったか？

温泉旅館を盛り上げる際の企画会議で、『温泉と言えば何？』というブレインストーミングで出てきた一つが殺人事件だったように思える。

だってあるじゃない。

風光明媚《ふうこうめいび》な温泉地で起きる殺人事件。

その捜査に名物刑事が乗り出し、温泉に入りながら名推理で事件解決。

ラストは大体、切り立った崖っぷち。

そんな話を、昔話を聞かせるような口調でヴィールに語ってやった記憶がある。

「まさかそれを……、お前が採用したというのかヴィール!?」

「ぐっふふふふふ！　これが、このおれによる、この温泉旅館の利用客へ叩《たた》きつける挑戦状なのだ!!」

そう言って畳の上にうつ伏せる大魔王さん（死体役）を指さす。

「このジジイは一体どうやって殺された!?　その謎を解き明かし、犯人を見つけ出すのだ！　犯人はこの中にいる！　真実はいつも一つ！　ジジイの名に懸けて証明完了なのだ！」

「畳みかけてくるな」

なるほど。

これはヴィールが仕掛けた謎解き体験アトラクションというわけか。

架空の殺人事件をでっち上げ、その犯人を暴くという知的ゲームを仕掛けてきた。

温泉宿という非日常空間だからこそ、殺人事件の異常性が何倍にもなって実感できる、なかなかよく出来たアトラクション……。

「ヴィール……!?　まさかお前一人の発想でここまでのハコを作り出すとは……！」

「ご主人様から色々聞いたおかげなのだ。……さあ下等なる人類どもよ！　このグリンツェルドラゴンのヴィールが仕掛けた推理ゲームに打ち勝って、見事景品をゲットなのだ！」

一応解いたら景品出るんだ。

「謎解きに必要なものは、既に全部出してあるのだ！　それらを組み合わせ、謎を解き、見事おれ様の挑戦を受けて立て！」

では、ヴィールの用意してくれたゲームを早速解き明かしていこうではないか。

これは推理ゲームだ。

温泉宿の密室で発見された死体（役）。

被害者がいかにして殺されたかの謎を解き、それによって導き出される犯人を特定しようという流れ。

現場は例によって密室だ。

「どうして誰も彼も殺人現場を密室にしようとするかな？」

もはや『密室にあらねばトリック殺人にあらず』というぐらいの密室ぶり。

俺も前の世界にいた頃はそれなりにミステリーを読み漁《あさ》ったものだが、そのせいか密室殺人って食傷気味なんだよな。

そもそも密室トリックというのが知恵を絞って多大な労力の下に遂行されている割に、有用性が疑問じゃない？

殺人犯って普通、自分が捕まらないためにトリックやらを利用するんでしょう？

そういう目的ならば殺人があったこと自体を隠すべきなのに、いかにも事件性のある殺人現場自体をこれ見よがしに残して、出入りの跡だけ隠蔽する？

謎を作り出すにしても、その謎が思いっきり悪目立ちしているではないか!?

『さあ、解いてみろ！』と言わんばかりのさ!!

それじゃダメでしょ？

キミ、殺人という重犯罪を犯して命を懸けて逃げ切る覚悟じゃないの!?

それなのに事件性を堂々とアピールしつつ、中途半端に謎だけ残しておかげでかえって犯人絞られてんじゃないの！

なんでクローズドサークルで犯罪決行するの!?

十人そこらの中で『犯人はこの中にいる』って選択肢の幅狭まりすぎじゃん！

通り魔の犯行に見せかけて都市内数十万人の中から絞り出す方が絶対難易度高いって!!

……。

すまん、熱くなりすぎた。

まあ今回はゲームだもんな。そう細かいことには拘《こだわ》らず素直に、謎の解明に取り組むとしよう。

この温泉旅館の一室で、開店早々引き起こされた殺人事件……！

「普通に閉鎖案件だよ!?」

頑張って開店した温泉旅館が倒産の危機じゃねえか!?

旅館なんて評判商売なのに殺人事件が起きたなんて致命傷だよ！　新規のお客さんが寄り付かなくなる！

「何かあんまりいい企画じゃない気がしてきた！　根本から練り直してみてはどうかね!?」

「そういう試案はあとにして、今は密室の謎を解くのだー」

そ、そうだな。

ヴィールが頑張って考えたトリックだものな。

彼女の頑張りに応えるためにも、今回のゲームだけは真面目に打ち込んで、あとをどうするかは改めて考えよう。

「では事件の概要を説明するのだ」

ヴィールが得意げに言う。

「被害者は大魔王バアル。かつて魔国の王様でありながら放埒な国家運営のため臣民から疎まれ、王座から蹴落とされたのだ。代わって王位についた息子の方が何倍も有能で、自然比較されて暗君として名を遺《のこ》すことが決定してるヤツなのだ」

「それ今言うことかなッ!?」

死者からの抗議。

そもそもなんで死体役引き受けたんだ？　この人？

「大魔王様は、昔からこういうお遊びが大好きだからな」

うんざりした口調で解説を入れるのは、俺が初めて見る浴衣姿の御老人だった。

まさか……、この人が魔国宰相のルキフ・フォカレさん？

「あっ、初めまして。この旅館を建てた者です……！」

「おお貴殿が……!?　さておき大魔王様は『文化の庇護者《ひごしゃ》』を自称し、みずからも率先して芸事に関わるクセがあってな。……演劇にも端役として出演したり……！」

今回のこれみたいに？

「大事な政務をすっぽかして……！　スケジュールの組み直しに我々がどれだけ苦労したか……!?」

実念のこもった嘆きが印象的。

この有能なお役人の苦労がしのばれた。

「……というわけで、鍵のかかった扉をこじ開けて密室に入ったのは、ご主人様、プラティ、ジュニア、死体モドキ、あとゲストのジジイなのだ。ここでハッキリ言っておくのだ」

司会進行として頭数には入らないらしいヴィールが言う。

「犯人は、この中にいるのだ!!」

「な、なんだってー!?」

そういう進行か!?

たしかに推理ゲームなら、犯人がある程度絞れた状態の方が進めやすいが。

「それは犯人役が、ヴィールと示し合わせているってことか？」

そして素知らぬふりで、推理役の一人を演じていると？

「そういうメタ的な方向性からの推理はアウトなのだー。ちゃんと与えられたヒントからトリックを見破るのだ！」

この仲に犯人がいるとしても、事前に何も知らされていない俺は間違っても犯人じゃあるまい。

ならば俺がこの場の探偵役として、見事この謎を解いてみせようではないか。

おじいちゃんの名に懸けて!!

「では早速現場を検証してみよう。殺された大魔王さんだけど……!?」

いまだに死体役を演じて、畳の上にうつ伏せになっている大魔王バアルさん。

死体ではありながらあくまで『フリ』でしかないから致命傷はもちろんないし、それを模したような細工もない。

血糊《ちのり》とか、突き刺さっているように見えるナイフのオモチャとか。

「……死因は何?」

「は?」

ヴィールに尋ねてみたところ、めっちゃ素の反応を返された。

「いやだから、どうやって殺されたかは推理の重大なヒントでしょう?」

刺殺、撲殺、絞殺、圧殺、焼殺、毒殺。

古来よりミステリーは被害者の殺され方が華だといわんばかりに様々なバリエーションが考案され、それこそ百花繚乱《ひやっかりょうらん》だ。

しかも被害者の殺害方法は、ただその派手さで読者の目を引くというだけでなく、トリックを解き明かし、犯人を特定する一番最初の手がかりになることもある。

「たとえば重い鈍器か何かで殴り殺したのなら、それはよほどの腕力がある人物が犯人だと推測される。そしたら女性のプラティは自然と除外されるだろ?」

……と見せかけて、非力な女性でも実行できるような仕組みを用意して、まさかの展開にするのが推理もののセオリーだが。

その辺どうだろう？

プラティはヴィールと接する時間が多いし、密《ひそ》かに犯人役を依頼されていたとしてもおかしくない。

探りを入れてみようと思ったが……。

「甘いわね旦那様、アタシは犯人じゃないわよ」

即座に否定された。

「アタシはね、ジュニアを産んでこの子に誓ったの。この子が恥ずかしいと思うことのない立派な母親になろうって。だから人目を忍んでコソコソするような卑劣なマネは絶対にしないわ」

プラティ。

そんな真面目に語るなんて……。

ジュニアに対して真剣に親になろうという気持ちには打たれたが、それ今言うこと？

「だから、ジュニアに誇れる親となるためにも、相手を殺そうと思ったら正面から堂々と叩《たた》き殺すわ！」

「んッ!?」

「コソコソ身を隠して罪から逃れようとはしない！　むしろ正当性を主張して、誰からも文句を言われないようにしてから正義の殺人を執行するわ!!」

「『誇れる』の方向性間違ってない!?」

プラティは性状的にミステリーの犯人役は務まらなかった。

むしろ壮大なアクション映画の悪役だ!!

これは別の意味でプラティは容疑者リストから外れた。

「そうだなあ、角度的には犯人の性格も重要かもしれないなあ」

プラティのような、どう考えてもトリック殺人に向かない性格もあるし、第一彼女にバアルさんを殺す動機がない。

動機。

相手を殺したいと望む理由。

時にこれが犯人を暴き出す決め手となって、非常に重要だ。

しかし今集まった中で、バアルさんとの関係が深い人はほとんどなく、増して殺したいなどと思っている人は皆無のはず。

一人だけいるとしたら……。

「………何だ?」

全員の視線が一人に集まった。

魔国宰相のルキフ・フォカレさん。

彼は大魔王バアルさんと密接な関係にあり、バアルさんが現役魔王だった頃は二人三脚で魔国を治めてきたんだっけ？

それこそ色んな感情が渦巻いていることかと思うが……。

「私がやりました――――ッ!!」

「速攻で自白したッ!?」

歌う(自白するの隠語)の早いッ?

「ヤツが現役魔王の頃から『殺してやりたい』と思ったこと数知れず。その殺意が高じて……、知らぬ間に手を汚してしまっていたのかも……!?」

「待ってくださいルキフさんッ!? 覚えのないことを『やった』と言っちゃダメですよ!?」

ゲームが成立しなくなっちゃう!

それ以前に心の闇を見せたらダメです!

「アイツが何か思いつきをするたびに睡眠時間が削られ、子どもや孫との触れ合いもなくなり苦労が滲《にじ》み……! なんで私はあんなヤツのために……! アイツさえ、アイツさえいなければ……!!」

「だから心の闇を引っ込めてえええッ!?」

何か発作のようなものを起こすルキフ・フォカレさんを落ち着かせるのに精いっぱいで、推理ゲームどころではなくなっていた。

それらの様子を死体を演じながら眺める大魔王バアルさんは……。

「何かゴメン……ッ!?」

と短く呟《つぶや》いたのだった。

ドラゴン温泉殺人事件・捜査編

| Let's buy the land and cultivate in different world |

ルキフ・フォカレさんには落ち着いてもらうために再び温泉へ。

そして推理ゲームはまだまだ続くよどこまでも。

とりあえず容疑者から謎解きに入るのはやめておこう。

各自の性格能力がぶっ飛びすぎていてミステリーの枠に収まらない。

たとえば容疑者リストの中にノーライフキングの先生がいるが、この人が犯人だったらノックスの十戒が刻まれた石板を叩き割るレベルだ。

万能すぎてあらゆるトリックが成立しない。

それよりも現場の状況から手がかりを探していこう。

大魔王バァルさんが殺された、この温泉旅館の一室は完全な密室……ということになっている。

それを確認するところから始めていこうか。

「ぐぶぇ、いてぇ……!?」

おっと。

死体役で寝転がっているバァルさんを踏んづけてしまった。

めんごめんご。

「旦那様ー、ジュニアが退屈してるからその辺見て回ってくるわねー?」

「うーい」

順当に皆飽きてどこぞへと離れていく。

「ま、マズいのだ！　ご主人様！　皆が飽きてしまう前に事件を解明するのだ！」

仕掛け人のヴィールがもっとも焦って、無能警部のごとく徒《いたずら》に事件解決を促す。

「へいへい……！」

まず俺が気にかかったのは、この部屋が本当に密室だったか、ということだ。

この部屋には出入りのできそうな場所が二つ。

通常の出入り口たるドアと、外へとつながる窓だ。

そのうちドアは、鍵がかかっている（という設定）が俺たち自身によって確認されている。

これが本当に通行不可であったかは鍵の所在を改め直さなければならないんだろうが、面倒なのでパス。

もう一つは窓だ。

ただここは五階なので、窓を開けたら雄大な風景が広がるのみ。

「高い、高いなあ……!?」

こんな高さを地上からよじ登る、あるいは飛び上がってこれる者なんて……。

「……割とけっこういるな？」

俺の心の中でかけた検索に、思ったより多くのヒット件数が挙がった。

ゴブ吉だったらこの程度の高さ容易に飛び上がってくるだろうし、翼を持っているホルコスフォンなど言わずもがなだ。

レタスレートも最近とみにフィジカルだから普通に壁摑《つか》んでよじ登ってきそうだし。

エルロンたちなんか元盗賊のスキルでどこからでも入ってこれそうだし。

博士とか『ネコはいかなる場所にも現れるにゃ』とか言いそう。

「やっぱりファンタジー異世界に推理ものは食い合わせが悪いな……!?」

ノックスの十戒が百戒ぐらいになりそう。

「ふほーん？　どうしたのだご主人様ー？　わからないのかー？」

仕掛け人であるヴィールが、さも得意顔ですり寄ってくる。

「このレベルの推理は、ご主人様には難しかったかなー？　ほーん？　ふーえ？」

「……諦めて帰るか」

「待って待って待つのだ!!　もう少し頑張って考えてみよう！　すぐ諦める姿勢はジュニアの教育によくないのだ!!」

取りすがってくるヴィール。

わかったわかった、ただ意地悪しただけだって。

「外に出て聞き込みをしてみるのはどうだ？　部屋の中では見えないことも浮き彫りになってくるかもしれないぞ!?」

えー？

このゲーム室外までフィールドになっているの？

仕方ないなヴィールが満足するまで付き合いますか。

「先生はどうします？」

律義に残ってくれている先生にも一応聞く。

『そうですな……、体もいい具合に冷めてきましたので、もう一度温泉に入って来ますかな……』

そこまで言ったところで先生、唐突に『はッ』となる。

『こ、こんな殺人犯と一緒の部屋になどいられませぬぞ！　ワシは自分の部屋に帰らせていただきますぞ！』

「ありがとうございますー」

先生も見事に乗っていただいて俺も意気揚々とホームズ気分で事件解決へと向かうのだった。

あと大魔王バアルさん。

「あの……、ワシもそろそろ飽きてきたんだけど動いちゃダメかな？」

「死体が動いたらダメだろ？　事件解決までそこで寝ていなさい」

「でも、背中がめっちゃかゆくなってきたんだが……!?」

現場の保存は捜査の鉄則。

死体はその場に放置しておいて、外へ捜査に出かけようではないか！

しかし、こうやって部屋の外に出てきたはいいが……。

「どうやって調べていけばいいんだ？」

まさかゲームに関係してるかどうかもわからないすれ違う通行人に片っ端から『お前が犯人

かッ!?』って聞いていくのか?

それは度胸が必要すぎる。

かといって旅館の別の部屋を調査しに入ったらナイフが飛んできたり、落とし穴開いたりしそう。

怖い。

「大丈夫なのだご主人様! ここはゲームの進行役であるおれ様が、正しい調査についてレクチャーしてあげるのだー!」

一緒についてきたヴィールが勇んで言う。

まあ、ここは歩くゲームブックでもあるコイツの指示に従うとしよう。

で、どうすればいいのかね?

「聞き込みといえば捜査の基本だ! 捜査は足でするもの! たくさんの人に聞いて情報を集めれば、その中に事件解決に繋《つな》がる重要証言が出てくるかもしれないのだ!」

「お、おうそうだな……!?」

だから、それを関係あるかどうかもわからない人に聞くのが度胸いるんだって。

「そのためにまず……観光名所に行くのだ!」

「え? なんで!?」

何故《なぜ》そこで観光名所出てくる?

「わからないかご主人様!? 温泉地で起きた殺人事件では、名所の紹介が必ずセットなのだ! 聞き込みというていで周囲を歩き回り、さりげなく温泉地の名所旧跡をアピールして、観光客を誘い込むのだ！」

それミステリーって言うよりサスペンスの手法……。

まあ、どっちかといえば温泉殺人事件はサスペンスのカテゴリか。

クライマックスは熱海の断崖絶壁だな。

しかし、事件のついでに観光紹介というのは地味に有効な手段かもしれない。見てくれたお客さんが興味をもって遊びに来てくれるかもしれないからな！

「よし、その案乗った！　早速、選《よ》り抜《ぬ》きの観光スポットへ聞き込みに行こうではないか!!」

「あくまで聞き込みなのだー!!」

しかし、建てたばっかりの温泉旅館に都合よく観光スポットなんてあったかなあ？

あった。

秘宝館だ。

温泉地ならつきものだろうと勢いで建てたものだが、いわゆる温泉地における秘宝館っていわゆる隠語で、その中身は卑猥《ひわい》なものオンパレード。

さすがに妻子ある身でそんなものを建てると、どんな目で見られるかわからない。

恐怖に屈した俺は途中で路線変更し、秘宝館に本物の秘宝を置くことにした。

精霊の鏡、天使の翼、真実の目、イージスの盾、女神像……。

オークボたちが世界各地を回って集めてくれた秘宝が、秘宝館には所狭しと並んでいる。

展示期間終了後にはすべて返却予定。

「展示期間は限られているので、皆急いで見に来てね！」

「待ってるのだー！」

捜査にかこつけた宣伝も炸裂《さくれつ》したが、捜査的に何の進展もなかった。

どうすりゃいいんだ？

「なら次は温泉に入るのだー！」

「だからなんで!?」

「わからないのかご主人様！　温泉でリラックスすると、思わぬグッドアイデアが浮かんでくるものだ！」

そうか……！

温泉地が舞台のサスペンスドラマでも、登場人物が温泉で一っ風呂浴びるシーンはつきもの。

それが美人女優だったら即座にサービスシーンだ。

それは聞き込みにかこつけた観光案内というコンセプトと同じで、要は舞台となった温泉地を売り込むことが目的なんだが、それゆえに劇中でも重要なシーンにされがちだ。

入浴中に呟《つぶや》いた何気ない一言がヒントになって、捜査が前進したり！

「俺も温泉に入ったら、何か重要なことを呟くかもしれないってことだな!?　まったく関係ない一言が事件の核心をついているとか!?」

「そういうことなのだ！　ご主人様！　早速温泉に入りに行くのだー!!」

ヴィールに促され、早速おれは旅館に取って返し、浴場に突入し、湯船に浸《つ》かる。

……上がる！

そして浴場から出てくると、ヴィールが待ちかまえていた。

「どうだったご主人様!?　何かいいアイデアは浮かんだか!?」

「何も浮かばなかった!!」

やっぱりそうそう上手《うま》くいくことなんてないね！

ドラゴン温泉殺人事件・解決編

| Let's buy the land and cultivate in different world |

「わかんねー!」

ギブアップした。

この密室トリックをどうやっても解き明かすことができない!!

「いいじゃん! そもそもミステリーは謎解きを探偵に任せときゃいいんだよ! 読者が解く必要はないんだよ!!」

身も蓋もないことを言う。

そもそもヴィールがちゃんとした答えを用意しているかどうかすら疑問だしな。

だってあのドラゴンだし。

個人の性格としてテキトーで飽きっぽい上に、ドラゴンという種族として人間の常識など通じない。そんなヴィールの用意したトリックなんて『ドラゴンの腕力で死体を密室に投げ込みました。証明完了!』とかになるのも全然ありえるわけで!

そんな相手と推理勝負したって徒労だろ! という感じが沸々とするんですよ!!

「ん? ん? ご主人様わからないのか? んんんー?」

クッソ、ヴィールのヤツしたり顔で!?

よぉし! だったら答えを開帳してもらおうじゃないか!

もしドラゴンの超パワーでないと成立しない、ノックスが助走つけて飛び蹴りしてくるようなトリックだったら猛抗議してやる！

「よーし、では関係者をもう一度犯行現場に集めるのだ！　謎はすべて解けたのだー」

こうして殺人現場に設定された温泉旅館の一室に再び集められた俺たち。

その中には被害者役の大魔王バアルさんも、

……ってこの人、あからさまに一っ風呂浴びてきた風体をしている!?

死体役サボって温泉に浸《つ》かってきたな。

「皆さまお集まりのところで、この名探偵ヴィールがドラゴン色の脳細胞を披露してあげるのだ」

ドラゴン色ってどんな色だよ？

「そもそもこの事件は奇妙な点が多いのだ。密室の殺人現場、殺された被害者、謎の犯人、すべてが謎に包まれているのだ」

いっぱしの探偵気取りで事件の概要から語りだしたけど、あんまり頭のよくない語り口調にしかなってない!?

大丈夫？　麻酔針の飛び出す腕時計使う？

「しかし！　この名探偵ヴィール様にかかってはすべての謎は解かれて消えるのだ！　今からこの密室で起きた出来事を再現して見せるのだー！」

そういうとヴィール、くるりと踵《きびす》を返したら、スタスタどこぞへ向かって歩き出す。

『どこへ行く？』と思ったら、普通に部屋の隅だった。

なんだ？　まさかそこに秘密の抜け穴でもあるのか？　と思ったら……。

物陰でわかりづらかったが、そこにはレバーがあった。

『何故《なぜ》そんなところにレバーが？』と疑問に思う暇も与えずヴィール、そのレバーを上から下へと動かす。

すると途端に……。

「おおおおおッ!?」

部屋が揺れた!?　全体的に!?

「おッ？　おッ？　おおおッ!?」

そして何だこの浮遊感はッ!?

揺れが止まった時、ヴィール会心の表情で……。

「これが密室トリックの真実なのだー！」

「いや、わかんねえよッ!?」

単にレバー下ろして部屋が揺れただけじゃないか!?

これが一体どういう……!?

「大変よ旦那様！」

「えッ？　どうしたのプラティ？」

「ここ、四階よ！」

え？　何を言っておられる？

事件が起きたのは五階だろ？　今も俺たちは五階の殺人現場に集められて……!?

「いや、ここ本当に四階だ!?」

窓の外から見る景色も一段低いし、廊下に出て周囲を見回すとたしかに『4F』の札がついている!?

一体どういうことだ!?

「まさか……、さっきの部屋の揺れは……!?」

「ご主人様の思った通りだ！」

ヴィール、下がったレバーを今度は上へ。

するとまた部屋が揺れて……。

「五階だーッ!?」

まさかこれ……。

部屋自体がエレベーターになっているのか!?

それでスイッチ一つで四階五階に行ったり来たり!?

「犯人は、これを利用して密室を作り上げたのだ」

「まず『これ』がある件について!?」

「犯人はまず、四階に被害者を呼び出して殺す。そのあとに部屋諸共《もろとも》五階に上げれば殺人現場も移動するのだ。犯人はそのあと悠々と四階から出ていけばいいのだー」

そうすることによって密室殺人は成立……!?

「ご主人様の作ったエレベーターにヒントを得たのだ！　ここを利用する客どもは大概エレベーターを使うから、発想を得たとしてもおかしくない！」

いやそれ以前に……！

「なんでこんな大掛かりな仕掛けがついているんだよ⁉　部屋を丸々エレベーターにしたってこと⁉　いつの間にどうやって⁉」

「旅館を建てる時、オークどもに命じて作らせたのだ」

「犯人はアイツらか⁉」

我が農場で建築マニアと化しているオークたち、この旅館を建てたのもアイツらの趣味の延長みたいなものなのだが……。

「複雑な構造なんでアイツら喜んで加担したぞ。作り甲斐《がい》があるってな！」

アイツらの建築技術どんどん上がっていくなあ⁉

こんなものまで作り出せるようになっていたとは⁉

「でもこれちょっと反則臭くない？　ミステリーとしては？」

建物自体に設定された抜け道とかカラクリって、トリックとしてはフェアだったっけ？

あんまり突き詰めると、どこかにケンカ売ることになりかねないからやめておこう。

「このトリックを用いたなら、犯人はある程度絞り込めますな」

関係者として集められたルキフ・フォカレさんが語る。

「大魔王様は、殺される直前まで私と共に行動していた。殺されたならその直後ということになる」

「何か真面目に考察しだした……!?」

「別行動になったあと私は最上階の天空風呂へ行った。しかしこのトリックを使ったなら犯人は五階より下の階にいたことになる。この部屋が五階と四階の間を行き来するならば……!」

犯人は殺害時刻に、四階より下の階にいた者!?

『ワシもその時刻は天空風呂におりましたな』

「アタシもジュニアと一緒に女湯に入っていたわよ？　他にも入浴客はいたから裏は取れるんじゃない？」

先生とプラティにも強固なアリバイがあった！

すると残るは……。

「俺？」

「そうなのだ！　ご主人様が犯人だったのだー!!」

な、なんだってーッ!?

推定犯行時刻、旅館内を見回りしていた俺だけがアリバイが曖昧だッ!?

その隙を突いて俺がバアルさんを殺したッ！

「仕方ないんだッ！　バアルさんは事あるごとにエルロンやら腕のいい職人を引き抜こうとしてくるし、ウザくて仕方なかったんだあああッ!!」

「本当に殺害の動機が簡単にまろび出てくるの」

被害者当人が一歩引いたところで口笛を吹いていた。

そんなわけで第一回、ヴィールの湯けむり推理ゲームは犯人＝俺という衝撃の結末によって幕を閉じた。

「悲しい事件だったのだ……」

「ねえ、ちょっといいかしら？」

美しくまとまろうとしたところでプラティが言う。

「このエレベータートリックなんだけど……、この部屋自体がレバーを上げ下げして移動するなら。被害者を殺したあとに四階から五階に上げるためにもレバーを操作する必要があるのよね？」

「そりゃそーなのだ？」

「五階に上げたあとここが密室になるなら、レバーは誰が上げたことになるの？」

「あ？」

所詮ヴィールが考えたトリックなど穴だらけだった。

犯人が俺だという結論にたどり着いた論法も、ただアリバイを当たっただけでトリック関係なしに俺だけが容疑者として絞れちゃうしなあ。

「色々と再考の余地があるな」

「今度こそ一つの穴もない完璧なトリックを考えてやるのだー!!」

ヴィールは意気込んでいたが、まあたしかに楽しいイベントではあったかな？

知恵も働かせられるし、探偵役になれるという非日常感が程よい興奮を与えてくれる。

「じゃあこれ、温泉旅館の正式なアトラクションとして採用する？」

「いや、やめておこう」

この温泉旅館は、来てくれる人の疲れを癒すために建てたもの。

たとえ楽しむためと言えども体や頭を使い倒して余計疲れるようでは、そもそものコンセプトに齟齬《そご》が出てしまう。

ヴィールがこういうことをやりたいなら別のイベントにシフトして、この場ではお蔵入りにした方がいいかな。

「今年のオークボ城でも実装してみるか？」

「天守閣連続殺人事件だな!?」

あッ、いかん。

もはや来年のオークボ城が殺人カラクリ満載になるイメージにしかならん！

私の名はアガイル。

魔族だ。

つい最近まできっちりとした職に就いていたが、それも失ってしまった。

従軍書記官と言ってな。

魔王軍がどこそこへ作戦行動に出て、指揮官なりがどういう判断をし、どういう発言をして、その結果どんなことになったかなどを事細かに書いて記録するのが仕事だ。

軍務というのは、ちょっとした判断の違いで人が死ぬこともある責任の重い仕事でもあるから、あとで『言った言わない』の問題にならぬよう詳細な記録が必要なのだ。

我ら従軍書記官は、四天王など魔王軍の重要人物につき従って、その言行を事細かに記録してきたのだが、その職を私は辞すことになった。

理由は、組織そのものの人員削減だ。

人族軍との長い戦争が終わり、魔王軍はいくつかある役割の、もっとも大きな一つを完遂できた。

それゆえにこれまでの大規模を維持する必要がなくなり、今は軍縮の流れに向かっている。

魔王軍を支えてきた兵士たちも多くが除隊。ちょっと早めの年金生活に入るか、退職金を元手に新しい商売を志すかなどしている。

私もその一人というわけだ。

従軍書記官は厳密には内勤組になるので、それでも軍に残れる可能性は高かった。

それでも進んで魔王軍を辞した私だ。

様々な土地を巡って目新しい景色に心躍らせ、四天王など骨太な英雄軍人の名言を記録することに、従軍書記官への職業的魅力を見出《みいだ》していた。

安定を求め、軍舎にこもって面白みのない事務書類と睨《にら》めっこするよりは、何か別の心躍る生業を見つけて突っ走りたい。

そう思っているものの、都合よく次の生きがいを見つけられるわけもなく、今は失業中の暇を上《う》手《ま》く利用して骨休め。

ちょうどよく『疲れを癒すのに最適！』と噂《うわさ》になっていた温泉旅館とやらに足を運んでみた。

ここにある温泉という施設はとても心地よく、書記官生活十数年の疲れをすべて流し落としてしまうかと思われるほどだが、かといって未来の展望まで明るくなっていくわけじゃない。

「何をすればいいだろうか……？」

私の取り柄としたら、それこそ戦場を駆けずり回ってペンを走らせた文才のみ。

魔王様や四天王様たちはやたらといいことを言おうとするので名言の含蓄はあるつもりだが、それが別の職業でどんな役に立つだろう。

せっかく安定を捨てて魔王軍を辞めたのだから、つまらない仕事はしたくない。

しかしいよいよ食うに困ったら贅沢《ぜいたく》は言ってられないしなあ。

「さて……、どうしたものか……？」

と風呂上がりに浴衣を着て、廊下をペタペタ歩いていたら……。

どこからか不穏な声が聞こえてきた。

「何と言うことなのだ！　大魔王のジジイが殺されてしまったのだー!!」

「何だと!?」

大魔王!?

大魔王というとバアル様のことか!?

先代魔王で、稀代《きたい》の浪費家と評判の大魔王バアル様!?

急いで声のした方に駆け寄ってみると、部屋の中で数人がわちゃわちゃと話している。

ちょうど扉が開きっぱなしだったので、そっと中の様子を窺《うかが》ってみた。

すると、たしかに大魔王様が畳の上に倒れておられるが、随分健やかそう。

なんだ？　全然お元気そうではないか？

肩透かしでちょっとがっかりしたところで、室内の集団を検《あらた》めてみる。

魔国宰相であるルキフ・フォカレ様がいらっしゃるのがまた凄《すご》いが……。

それ以外の顔触れは、特に見覚えがないな。

と言うか、あのやたら禍々《まがまが》しい気配の干からびた死体のようなモノは何？

その他は子連れの夫婦っぽい気配だが、あともう一人、年若い少女があの中でもっとも騒がしく、

室外から窺う私にまではっきり聞こえる大声で言った。

「しかしおかしいぞ！　ここはドアの鍵が閉まっていて、窓からも出入りができない！　ジジイを殺した犯人が、ここに入ることも出ることもできないはずだ！　つまりこれは…………ッ!!」

大きく溜《た》めて……。

「密　室　殺　人　だッ!!」

密室殺人!?

なんだ、この言語を駆使する職業に従事していた私の感性を多分に刺激するワードは。

私の興味が一気に吸い寄せられたぞ!?

よくよく観察して私なりに状況を推察してみたが、これは一種のゲームらしいな。

架空の殺人事件を見立て、大魔王様は被害者役。

様々なヒントを元に犯人役を見つけ出そうという趣旨か。

面白そう!!

何か私の次なる職探しのヒントになるかもしれない。密《ひそ》かにあとを追い、観察してみよう。

あの集団、……特に大人の男性が喚《わめ》き散らす説明に、陰で聞きながら『なるほど』と頷《うなず》く。

この『密室殺人』なる概念は、構造自体に含まれた『謎』『矛盾』が魅力となっている。

殺されているからには、誰か殺した者がいる。

殺した者……つまり犯人は現場から去っていくのだから自然、人の出入りした跡が残るはず。

それなのに密室殺人には人の出入りが窺えないどころか、人の出入りが不可能な状況になっている。

この異常性が人の興味を引き、引いては魅力となっている。

たしかにあの男性の指摘する通り、密室殺人はそれ単体では間抜けな存在だ。

出入りの痕跡は消しても、殺人と言うもっとも重大な事実を隠匿できていない以上、犯人には何の有利にもなっていない。

だが、もう少し工夫をしてみてはどうだろう？

たとえば人の痕跡が確認できなかったからこそ犯人は通常の人類ではなく、神か魔物の類であったと吹聴《ふいちょう》できる。

迷信の恐怖に満ちる中、主人公が知性と冷静さで挑む、そんなお話に昇華できるのではないか？

そのあと男性は、主催者らしい女の子と共にあちこちを回りだす。

私はそれもあとをつけていった。

「温泉地で起きた殺人事件では、名所の紹介が必ずセットなのだ！　聞き込みというていで周囲を歩き回り、さりげなく温泉地の名所旧跡をアピールして、観光客を誘い込むのだ！」

なるほど！　地元とのタイアップか！

そうすることで舞台となる土地とも友好な関係を結べ、共利共生を狙っていける。

いいことづくめではないか！

そうやって読む人の興味を引いていく手法もあるんだな！

その上で謎は最後に解き明かされなくてはならない。

解かれない謎など謎ではない！

その約束の元に判明した秘密は、想像もしない大掛かりなものだった。

部屋が丸ごと上下に動いていたなんてッ!?

周囲からは論理の矛盾を突かれてボコボコにされていたが、私は感心した。

やはり話の核となるトリックにはこれくらいインパクトがある物を用意しなければ！

たしかにあの女の子が用意したトリックには、まだまだ粗雑な点があり要修正だが……。

元のアイデアは悪くない。

私なら……。

私ならもっと面白いものが作れる!!

何か、いてもたってもいられない気分になってきたぞ!!

すぐさま自分の部屋に戻って……！

前職の癖でどこに行くにも紙と筆……筆記具を持ち歩いているのが幸いした。

彼女らから貰《もら》ったインスピレーションが溢《あふ》れ出している。

この激流が収まらないうちに、一気に書き記すのだ！

この風光明媚《ふうこうめいび》な温泉宿で、突如巻き起こる惨劇！　被害者となったのは前時代を支配した偉人！

本名そのままを描くのは差し障りがあるんで……、ちょっと名前をもじっておこう！

乗ってきた！

筆の動きが止まらない！

こんな生き生きとした筆遣いは従軍書記官だった頃にもできなかった！

私はもしや、この瞬間。

新たなる職を、天職を見つけたのではあるまいかあああああッ!?

＊　＊　＊

そうして温泉旅館に泊まりこんで数週間。

全力をもって書き上げた一作を『秘湯伝説殺人事件』というタイトルで上梓《じょうし》。

宿泊中に親しくなった大魔王様に取り上げられ、魔都にて売り出されるようになった同作は大ヒットを記録した。

作品の書き出しには、アイデアのきっかけとなった少女への感謝の言葉を忘れず記しておいた。

この作品がきっかけとなって、魔都に収まらず世界全土でのミステリーブームが巻き起こり……。

私はその開祖として多くの人に名を記憶されることとなるのだが……。

それはまだ先の話になる。

チェックアウト

朝……。

旅館の朝食は、和食に限る。

つやっつやに照り輝く白いご飯に、温かい味噌汁《みそしる》。

焼き魚に、農場直伝の漬け物。さらに……。

「納豆です！」

……そうだね。

ホルコスフォンが、その手で配り歩く納豆で、温泉旅館を利用する宿泊客は朝を迎えるのだった。

この旅館は、朝食は一階の食堂で皆集まって食べるシステムなので。

俺たちの他にも利用客が次々降りてきて一日の最初のエネルギーを補給するのだった。

「おお、聖者殿ではないか。いつも早いな」

「おはようございますルキフさん！」

「相席よろしいかな？」

「えぇッ！」

魔国宰相のルキフ・フォカレさんとも、この温泉宿での滞在を通じてだいぶ仲良くなった。

こうして朝食の席を一緒にするほどに。

プラティも同じ席で、ジュニアにお粥《かゆ》などを与えている。

この子も大きくなって、すっかりおっぱいから卒業だ。

「ちょうどいいタイミングだった。私もそろそろ魔都に戻ろうと思ってな」

「疲れは取れましたか？」

「ああ、ここでゆったりと過ごしたおかげでな。聖者殿には本当に世話になった」

疲れた人々が癒しのために訪れることを願って建てた温泉旅館も、その目的を果たせている。

ルキフさんの他にも多くの人々が訪れ、温泉に浸《つ》かり、ゆったりとした時を過ごして疲れをとっている。

「おおルキフよ！　ここにおったか！　ゆっくり朝食など食べておらんで、今日も卓球をやるぞ！」

一部の騒がしい人を除いて。

「大魔王様、アナタも一緒に帰るのですぞ」

「なにぃー!?　ワシはまだ温泉旅館を満喫しきっておらんぞ!?」

「アナタが騒がしいと他の利用客が迷惑するのです。大魔王なら民のことを考えて迷惑になるようなことをしてはいけません」

「ぬぐッ!?」

魔国宰相の正論が火の玉ストレートとなって大魔王さんを貫く。

「……今頃、我が執務室では処理待ち案件が溜《た》まりに溜まっているからな、また疲れることだろう」

「その時は、またここで疲れを癒してください……」

ルキフさんだけでなく、多くの人がこの温泉旅館を訪れて、疲れを癒しリラックスしている。

魔王軍兵士のアケロスさん。

元魔王軍の書記官だというアガイルさん。

井戸掘り師のキンマリーさんもウチの温泉旅館を利用して骨を休めていた。

皆が温泉を堪能してくれて嬉《うれ》しい限りだ。

この地はほどなく魔国の定番観光スポットとして定着していくことだろう。

「ここに来て有意義であったことは、ただ単に休養ができただけではない」

ルキフさんが言った。

「同じようにここを利用している者たちと交流が持てたことだ。多くが魔王軍の現場で働く実務者たちであったが、湯に浸かり、裸の付き合いでかわす言葉には彼らの真情が宿っていた……！」

なんかいいお話でもできたのだろうか？

ルキフさんの表情は非常に満足げなものだった。

「彼らの意見は非常に参考になり、これからの魔国運営に役立てられるだろう。私は今、仕事がしたくてウズウズしているのだ。ここまで気力が漲《みなぎ》っては引退などまだまだ先のことだな……！」

休んだおかげでモチベーションが高まったのだろうか？

とにかく熱く滾《たぎ》るルキフ・フォカレさんは、まだまだ帰りたくなさげにする大魔王さんをズルズル引きずってお帰りになっていった。

この温泉旅館で疲れを癒し、活力をもって再出発したルキフ・フォカレさん。

俺も目的を果たせたことが確認できて、世の中に貢献できて大満足だ。

「ほんだらば、俺たちもそろそろ引き上げるとしようかな」

本来は完成した温泉旅館の運営ぶりを確認するための滞在だったが、普通に利用客の一人と成り果ててしまっていたからな。

しかもファミリーで。

農場もゴブ吉たちに任せっ放しになっているし、そろそろ戻らないと農場主の面目に関わる。

「違う場所で寝泊まりするのもなかなか楽しかったわねー。ジュニアまた来ましょうねー?」

プラティも結局久々の休暇という感じになって満足げだった。

最後に……、この温泉旅館の以後の運営だけど……。

「彼女に会って、示し合わせておかないとな……」

＊　＊　＊

朝食を終えて、俺が会いに行ったのは和服姿の女性だった。

「女将《おかみ》」

「聖者様、朝食はお口に合いましたでしょうか?」

「美味《おい》しかったよ。ご馳走様《ちそうさま》」

浅紫色の着物に身を包んで、静やかな雰囲気をまとっているのは、かつて魔国の山奥で眠っていたオートマトンの一体。

用があって俺たちが回収し、そのあと冥神ハデスの気まぐれによって人間に変わった女性。

そのうちの一人だ。

最初は農場で働いてもらう予定だったのが、博覧会のコンパニオンなどを通じて温泉旅館でも最前線で働いてもらうようになった。

彼女は中でも特にキビキビと働き、次第に統率役が定着してきて『女将』と呼ばれるようにまでなった。

旅館に女将はつきものだもんな。

現在この旅館には、女将の他にも数十人の元オートマトンの女性たちが在籍し、温泉旅館を切り盛りしている。

いずれも頼れるプロたちだ。

「女将、俺たちはそろそろ農場に戻ろうと思うんだ」

「まあ、大したおもてなしもできませんで……」

辞去を告げた客への受け答えも最高。

俺も一応、なんかあった時の備えとしてとどまって様子を見ていたんだが、女将がいてくれたおかげで、ほぼただの湯治客になってしまった。

「この温泉旅館も、継続的な経営をしていくとなったらどうしようかと思ったけど、キミがいてくれるお陰でなんとかなりそうだ」

俺としては、この温泉旅館の正式な経営権を彼女に譲ろうと考えていた。

彼女を含めた人化オートマトンは農場に戻らず、この温泉旅館を守り営んでいくことに心血を注いでほしい。

その分農場は人手不足になるけれど……。

またマリアージュの研究所跡地からオートマトンを回収して来れば事足りるか。

「恐れ多いお言葉です。聖者様からこのように重大な務めをお任せいただけるなど……！」

そこまで改まることかな？

「私たちオートマトンは、何のために生まれてきたのかわからぬ存在です。元は命すらなく、打ち捨てられ朽ちていくのみであった私たちを拾い上げ、生きる意味を与えてくださったのは聖者様……！」

女将、その場に跪《ひざまず》く。

「その聖者様に託していただいたこの旅館を、全力懸けて守っていく所存です。必ずやご期待に応えてみせましょう……!!」

「まあ、肩の力抜いてね……？」

別に俺が農場に帰ったあとも交流が断絶するわけじゃなく、連絡は常に取り合うから。

困ったことがあったら何でも言ってくれ。

迷惑な客が来た時には、すぐさまオークボたちを送り込むからな！

＊　＊　＊

こうして魔国の山奥に建てた温泉旅館を元オートマトンの女将たちに託し、俺たちは農場へと戻った。

あの温泉旅館はこれからもあり続け、魔国……いや世界全土の疲れた人々を癒し続けていくことだろう。

既に評判は広がっていき、宿泊希望者は着々と増え続け、予約が数か月先まで満杯になっているとか。

……あれ？

これもう早速新たな温泉旅館建てた方がいい？

まあ、その辺りは魔王さんと話し合いながらゆったりと進めていこう。

すべて俺たちの手でやってもアレなので、魔国の技術者さんたちと協力しながら。

ホルコスフォンも温泉を掘り当てる極意を井戸掘りギルドに伝授中だと言っていたし。

こんな風に温泉が世界中に広まって、皆で浸かって疲れを癒せればいいなあと思う。

さすればこの世界は益々《ますます》平和になることだろう。

そうなれば俺にとっても嬉しいことだし、これからジュニアが育っていく世界が素晴らしくなるのも歓迎だった。

番外編　温泉挿話集

―Let's buy the land and cultivate in different world―

大きな事業であった温泉街作り。
あまりに大きな事業だったため、語られなかった部分はまだまだ多い。
今回はそんな未公開部分を大放出していきたいと思う。
いい機会なので。
風呂に入ってご馳走《ちそう》食べるだけが温泉旅行じゃない！
温泉宿には温泉宿の大変なところがあるのだ!!
ということを示していきたい。

＊　＊　＊

まずは温泉宿が本格オープンする直前の話。
俺たちは『どうやって温泉宿を繁盛させるか？』という議題で真剣に話し合っていた。
オークボたちに宣伝回りをお願いしたが、それで充分とは思えない。
宣伝は、すればするほどいいもので、やりすぎるということもない。
余裕が許されるものならば、どんどん重ねていくべきだ。

ということで、なんか他にも案を出すことになった。

「宣伝番組……なんてどうだろう？」

深く考えもせず思いついた傍《そば》から喋《しゃべ》るブレインストーミング。

観光地を紹介、探索するテレビ番組を制作し、放映する。

やはりテレビの発信力は物凄《ものすご》く、侮れるものではない。実際これまで興ってきたブームの数々はテレビが火付け役であり、俺たちもあやかろうというわけだ。

で、最大の問題は……。

この世界にテレビがないってことなんだけどな!!

「まあ、とりあえずそれっぽいことはしてみるか」

根本的な問題から目を逸《そ》らし、とりあえずそれっぽいロケを行ってみる。

観光宣伝番組といえば、芸能人がリポーターを務め観光名所を練り歩き、その特色を実際に味わって視聴者に伝えるというのが定石。

俺たちもそれに倣ってみようと思う。

そしてリポーター役に抜擢《ばってき》されたのが……。

『先生と！』

「ヴィールの！」

『「湯煙発見、ドラゾンビ!!』」

ノーライフキングの先生と、ヴィールの異色コンビ。

『え？　なんで？』という意見が多数上がったが、どんなリポーターを起用するかが番組の成否に直接作用する。

だからこそ実際の宣伝番組にもトークに強い実力派コメディアンや、知名度だけでも圧倒的な大御所などが起用される。

我ら異世界観光番組にも、同じぐらいインパクトのある大物司会者を起用しなければ！

「その点、先生とヴィールは知名度たっぷりだろう？」

何せ先生はノーライフキング、そしてヴィールはドラゴンだ。

そしてその二種族は『世界二大災厄』として全世界に知れ渡っている。

知らぬものなどいない、というほど。

しかも絶大な畏怖を持って。

そんな二大最強者が司会を務める番組なんて、皆必ず見ると思うんだがどうだろう？

幸い、先生もヴィールも割とノリノリで、出演を引き受けてくれた。

元より双方ノリのいい人たちであるから。

本番中である今も軽快に番組進行を務めてくれていた。

「さあ、本日やってきたのはご主人様が建設した温泉宿なのだ！　豪華で清潔、そして実家にいるような安らぎがあるのだ!!」

『満足度百パーセントですのう』

二人とも？

あまり意図的なコメントは控えていただけませんか。ヤラセ番組と思われるから。

「おれたちの証言だけでは疑われるかもだから、周囲にもインタビューしてみたいと思うのだ！

テキトーに捕まえて吐かせるのだー!!」

ヴィールそれはインタビューの喋らせ方じゃなくて取り調べだよ！

この時期、温泉宿には既にチラホラとお客さんが入り始めていて玄関先にも、これから湯を浴びようかっていう利用客がうろつきなさっていた。

これもオークボたちによる宣伝のおかげだな。

そんなお客さんに二人のリポーターが駆け寄って……。

『すみませぬ、インタビューに答えていただけますかのう？』

「ぎゃあああああッ!?　ノーライフキングがいるぅううううッッ!?」

まあ、そうなるわな。

『本日はどちらからおこしに？』

「死ぬ死ぬ死ぬッ!?　命を洗濯しに来たらノーライフキングって、命自体が洗濯で洗い流されるパターンんんんんんんんんんッッ!?」

『この温泉宿を知ったきっかけは何でしょうかの？』

世界最悪の脅威。

ダンジョンで出遭ったら即死亡を意味するノーライフキングに温泉宿で出迎えられたらトラップとしか思えんよな殺意満点の。

『温泉宿で一番気に入ったところといえばどこでしょうかの？』

しかし先生自身はマイペースで質問を続けるのであった。

「おいこら死体モドキ。それ以上迫るななのだ。それ以上脅したら湯で安らぎに来た客が死の安らぎを得ちまうだろうが」

『ぬぅ……!?』

そこへふと目に入ったのが意外にも普段は騒がせ屋のヴィール。

「ふふん、こういう時にはやっぱりニンゲンへの変身能力を持ったおれ様の方が適材適所だな！ドラゴンの万能性を知らしめしてやるのだ！」

「おおう、見知らぬ幼女よ……、アナタの存在に癒される……ッ!!」

温泉利用客がヴィールに縋《すが》る、セリフの字面がそこはかとなく不安だが。

先生の瘴気《しょうき》に散々ビビり散らかされて精神面も不安定なことだから、きっとそのせいで世迷言《よまいごと》が出ているんだと信じたい。

「このフツーな姿が何より落ち着きを与えてくれる。ノーライフキングとは大違いだ。このどこにでもいそうな平凡さが我が心を癒してくれる……」

「あぁ？」

そこで何故《なぜ》かヴィールが反応した。

「平凡だのフツーだの好き放題抜かしてくれるじゃねえか。そりゃあの死体モドキの方がおれより強いとでも言いたいのか？」

あッ。

温泉利用客の不用意な言葉が、ヴィールのプライドに傷をつける!?

「上等だぁあああッ!!　だったら見せてやらあああッ!!　このおれの真の姿を!　世界の全生物が恐れるドラゴンの雄々しき姿をぉおおおおッ!!』

俺が止める間もなくヴィールは変身し、正体であるドラゴンの姿を取り戻した。

「ぎゃおわぁあああああッ!?　ドラゴンんんんんッ!?」

山のような巨体、岩肌のようなザラザラのウロコ、空を覆うように広い翼。平凡な人間が目の前にしたら必ず卒倒するだろう。

インタビューを受けていた湯治客も漏れなく卒倒した。

当然の結果だった。

『よく考えたら注目されるのに必要なのはインパクト!　そのインパクトを得るために一番重要なのはド派手さだー!　チマチマした人間形態でやってられるかーッ!!』

その主張も一理あるが、ドラゴン化したヴィールが暴れ回ったらそれはもう観光番組じゃなくて怪獣映画だぞ!

ニーズを弁《わきま》えるんだ!

観光客たちが逃げ惑い、皆帰ってしまうところだったので慌ててストップに入った。

カットカット!　カメラ止めて!

カメラなんてないけどな!

何とか仕切り直して取材を続行する。

初手インタビューから始めたのが悪かったのかもしれない。

それだけが宣伝番組にあらず。

たとえば施設紹介。温泉宿にある魅力的なポイントをアピールし、視聴者、ひいてはお客さんに興味を持ってもらう。

そんな番組構成で攻めてみるのはいかがだろうか!?

引き続きＭＣは先生＆ヴィールの超越者コンビにお願いします！

「それでは、射的場へやってきたのだーッ！」

人間形態に戻ったヴィールが紹介するのは射的場。

何故か温泉街につきもの。

離れた的をオモチャの銃で撃ち抜き、命中させて見事倒したら景品が貰《もら》えるというシステムだ。

温泉街の施設といえば真っ先にコレが浮かぶんだが、……本当になんでコレ温泉街の定番なんだろ？

しかし定義づけに悩んでいる時ではない。

ここは何よりまず異世界射的に興じ、その面白さを広めねばな！

そういうわけでヴィールと先生、射的に挑戦してみてください！

『これを使って的当てするのですな？』

先生が手に取ったライフル的なもの。

射的にはやっぱり銃が必要だというので、思い切って拵《こしら》えてみた。

当然コルクを撃ち出すオモチャ銃ではあるが。

本物がこっちの世界にないというのに、そのイミテーションを拵えるのってどうなのと思ったが、
こういうのは雰囲気を楽しんだ方が勝ちだろう。

というわけで先生とヴィール、射的で思う存分遊んでください。

「よーし、全弾命中させてやるのだ！　うりゃー！」

やはりこういうイベントではヴィールの方がイキがいい。

コルクの詰まった銃口を、居並ぶ的に向けて発砲！

パパパパパパパパパパッ!!

……ん？

今の、コルク銃の発砲音っぽい？

そうでもないっぽい？

どちらかというとマシンガンのような……。

やっぱり！

コルク弾を当てられた標的たちが爆発四散している！

しかも一つならず複数！

どんなオモチャの銃なら、あんな惨状が生み出せるのか!?

「どうでしょう？　我々の開発したオモチャ銃の力は！」

誇らしげに声を上げたのは……オークボ？

「我が君からの指示を受け、オークチームの全力を挙げて製作いたしました。細かい部分はドワーフやエルフの皆様に手伝ってもらったりもしましたが……」

それで出来上がったのが、この凶器だと……!?

「ハイ！　口径7．62㎜！　射程距離300m！　弾丸初速は秒速730mと測定されています！単発式とセミオートを切り替え可能で、状況に応じた使い方ができます！　これを一個中隊に持たせれば都市制圧も速やかに行えましょう!!」

何を言ってるのかな？

ミリオタでもない俺にはまったくわからない単語のオンパレードだった。

やっぱり本物もないのにイミテーションがあるのは問題あったな。

基準になるものがないから、こんな底抜け性能のオモチャが生まれてしまうんだよ！

それでいて使用弾はコルク！

そこさえ守っていればあとはどんなにスペックいじってもいいってわけじゃないぞ！

こんなのダメだよ！

とてもじゃないけど子どもとか安全に遊ばせられないよ!!　と俺が混乱している横で、リポーターどもは遊びを満喫しておった。

「おおぉーい！　銃を撃つ時の反動が心地いいのだーッ!!」

『爽快感ですのう』

ズガガガガガガ。

世界最恐の二人が、嬉々《きき》として発砲している。

俺も試しに撃たせてもらったが、たしかに発砲の際に返ってくる反動が不思議と全身に心地いい。

何とも爽快というか……。

いやこれは、どっちかって言ったら温泉地の観光っていうより、ハワイ辺りで楽しむ観光の類じゃないか!?

ひとしきり乱射を楽しんでから、俺たちは射的場をあとにした。

もう射的でも何でもなかったがな。

これちゃんと宣伝番組やれてる？

「もしもし、今日は家族でいらしたのだー？」

ヴィールが懲りずにインタビューを敢行していた。

まあドラゴンに変わらなければ好きにするがいいと思ったが、案外にもスムーズにコメントを引き出している模様。

「ええ、夫と子どもと一緒に……。ここは本当にいいところですわねえ。温泉はあったかいし、料理は美味《おい》しいし、夜寝るお布団は綿入りでフカフカですわ。日々の喧騒《けんそう》を忘れてゆったり過ごすには最高の場所です。子どももまだ小さいですが、幼児でも宿泊可能というところが嬉《うれ》しいですね。案外多いでしょう、何歳以下の子どもは宿泊不可ってところ？」

「ちなみに、どちらからおこしなのだ？」

「農場からです」

んんー？

この模範的な受け答えする主婦らしき相手、よくよくインタビュー内容を吟味するとなんか身に覚えがあるような？

何とインタビューに答えているのは我が妻プラティではないか!?

我が子ジュニアも抱えて!?

「見てられないわね、インタビューはこうするものよって実演を示してあげたわ！」

「サクラだッ!?」

「そして、番組制作に行き詰まっているアナタたちに、一つ知恵を授けてあげるわッ！　これを出せば確実に数字をとれる！　そんな万能ツールの存在を御存じ!?」

ば、万能ツールだって!?

いや、そんな行き詰まったわけでもねーし、製作順調だし……！

しかし万能フレーズとやらには興味がある！　どんなものか教えてたもーれ!!

「フッ、よくお聞きなさい。それは……子どもと動物!!」

子ども&動物!?

たしかにッ、よく聞く言葉だな『子どもと動物を出しとけば数字は取れる』と。

可愛《かわい》いもの二大巨頭が子どもと動物。そして可愛いものは老若男女問わず大好きだからみんな喜ぶ!!

そこに気づくとは、さすがプラティ頭がいい！

「ゆえにアタシは提案します！　本当にこの番組のＭＣに相応《ふさわ》しいのは、このジュニアだと！」

なにッ!?

プラティ、俺たちの子を高々と掲げる。

「まだまだ赤ちゃんのジュニアなら、『子ども＆動物』の子どもカテゴリに入るわ！　こんなに可愛いジュニアならお客さんも大盛り上がりの大満足!!　視聴率爆上がりは間違いなしよ!!」

当のジュニアは、自分が主題に置かれているのを気づいてか気づかずかキョロキョロ周囲を見回している。

『温泉にはまだ行かんの？』とでも思っていそうな顔だ。

「『可愛いこそが正義』と歴史も語っているわ！　そっちの可愛くもない最強者よりもウチのジュニアの方がよっぽどＭＣに相応しいわよ！」

「あぁ？　おれ様が可愛くないとはどういう了見だー？」『ワシも可愛いじゃろう？』

ＭＣの座を脅かされてヴィール＆先生も対抗気味。

まさかここにきて主役の座を賭けた内部抗争が勃発!?

『そういうことなら吾輩《わがはい》も参加するにゃ！』

なんだよこの混迷した状況に、さらなる混迷が参加してくるわけ!?

何が来たかと思ったら……一匹の猫!?

それは……ノーライフキングの博士か!?

『そうにゃ！　「子ども&動物」で数字がとれるんなら吾輩こそ今まさにもっとも必要なるもの！　猫が嫌いな人など世界にはいないのにゃーッ!!』

自分が愛されていることに関して絶対の自信を持っている！

この世界の猫は、不死王の中でも最高クラスである博士の意思が憑《と》りついているものだから侮れない。

エサと動くものだけに興味を引かれるわけではないのだ！

『皆から愛される猫と、そっちのガキンチョが加われば、まさに「子ども&動物」が揃《そろ》って完全無欠のマスターピースなのにゃ!!　というわけで司会の座は我らに譲って、先生とドラゴン娘は番組卒業なのにゃー!!』

「あぶあぶ」

『ぎにゃああああああああッッ!!』

博士が悲鳴を上げたのは、ジュニアに尻尾を引っ張られたからだ。

子どもは動物に対して容赦がない。

まだまだ加減ができるほど賢くもないし、それでいて自分の興味があるものには一直線だ。

だから尻尾は引っ張るし、脚は摑《つか》むし、耳の穴に指を突っ込むし、鼻の穴を塞ぐし、とにかく遠慮もなければ容赦もない。

動物にとって子どもは天敵なのだ！

だからコンビを組むなんてこともあり得んのだけど……。

そこで唐突に、何の脈絡もなく俺の脳内でひらめきが浮かんだ。

温泉……？　動物……？

それらを含めたより印象的な存在が、シルエットで蠢《うごめ》いている。

「カピバラ……そうだカピバラだ!!」

俺の記憶にピタッと検索浮上したアレ。

カピバラとは、南米辺りに生息する世界最大のげっ歯類で、いわばクソデカいネズミだ。

しかし外見は可愛らしく、近年人気を博している。

特に温泉が大好きなようで、湯船に浸《つ》かって気持ちよさそうに目を細める様が様々な動画サイトでも紹介されている。

もっと昔であれば、湯船に浸かる動物といえばニホンザルだったのに、今ではそんな印象忘れ去られてしまった。

メディアの世界では可愛い方が勝つのか……!?

「そう、我が温泉宿にもカピバラを招致し、大々的にアピールすればその可愛さに吸い寄せられて女性客がわんさと押し寄せてくること請け合いじゃああああッ!!」

『えッ？　あの、吾輩は……？』

「猫、お風呂嫌いじゃん」

『そう言えばそうだったにゃ!!』

適材適所ということで、ここは思いつくままにカピバラを呼び寄せて温泉に沈めてしまおう！

そしてカピバラはいずこや？

本来であれば生息地であるらしい南米に飛ぶところだが、ここはファンタジー異世界。

前の世界の土地なんてなおさら遠い。

しかし心配めされるな。

こういった時の対処法は今まで何度も繰り返してきた。

モノホンがなければパチモンで代用すればいいのさ！

幸いこのファンタジー異世界には、あっちの世界にはいなかったモンスターたちが数多く存在する！

その中に大抵、狙った生物によく似たのがいるものだった。

きっとこの異世界にもカピバラ型モンスターが生息しているはず！

ソイツを見つけ出してこの温泉宿にスカウトしてくるのだ！

そうやって見つけたのが……。

「カピバラ型モンスターのカパビラです」

「は？」

モンスター名、カパビラ。

ぬぼっとした目つき、ネズミなのにウマっぽい鼻づら、そしてゴワゴワしていそうな毛並み。

異世界版のカピバラは、想像していた以上にカピバラで、これならまったく問題ないと手放し承認したいところだった。

しかしながら……。

「え？　お名前もう一回言って？」

「カパビラです」

コイツ確保のために世界中を駆け回ってくれたゴブ吉が答える。

なんだその紛らわしい名前？

偶然なのか？

前の世界でカピバラと呼ばれていた生物に、異世界でカパビラという名前がつくもんなのか!?

誰か狙ってない？

神か？

この世界の神様、けっこう恣意的だからまったくありえないとも限らない。

しかしせっかく来てもらったのでカピバラさん……もといカパビラさんには温泉に浸かっていただく。

体長までカピバラとまったく同じなカパビラさん。

脇の部分から持ち上げて、湯船に下ろすとまあ、気持ちよさそうにトロンと湯に溶け込むではないか。

この表情が、なんとも言えずに可愛らしい！

これなら多くのお客さんを呼び込む観光資源になること間違いなし!!

先生とヴィールこれこそを取材して!!

「凄いぞカパビラさん！　いやカピバラ？　バラ？　ビラ？　ボラ？」

ええい、正解が何なのかまったくわからねえ！

とにかく名前が紛らわしすぎる！　ここさえクリアすれば何の問題もないのに!!

「アルパカ型のモンスター、アルカパもいますよ」

やめてッ！

これ以上複雑さを増加させないで!!

……てな感じで温泉宿も内外施設が充実してきた。

宣伝番組も順調に進み、完成したも同然だ。

まあ、カメラで撮ってないから最初から意味ないんだけどな！

最後にもう一つだけ、素敵な温泉宿を演出する一案を紹介していきたいと思う。

＊　＊　＊

「は、やっぱり温泉宿のキモは温泉だねー」

と温泉に入りながら思った。

たしかに射的場やらカピバラやらと華やかになった温泉宿だが、肝心の部分をおろそかになっちゃダメだよな。

「しかしこうなってくると、温泉そのものにも一工夫欲しいよなあ」

いらんことを考える。

温泉自体浸かっていて心地よいことは言うまでもない。

しかし元あるものにばかり甘えず、よりよいものにしていこうと研究開発を繰り返してこそ人類の発展がある。

俺たちも現状に甘んじるわけにはいかない！

というわけで何か案はないかね？

「おお！　おれがナイスアイデアを思いついたぞご主人様!!」

と言ってきたのがヴィール。

男湯に飛び込んでくるんじゃねえ。

「ずっと思っていたのだ！　温泉って、入る季節にも気を配るべきだと!!」

入る季節？

たしかに考えてみたら、それはきっと重要なことだ。

目を瞑《つぶ》ってイメージしてみる。

露天風呂に浸かりながら舞い散る雪を見る。

あるいは露天風呂にはつきものの縁の岩肌に積もった雪を眺め、寒々としながらしかしあったかい湯に入った体はポカポカ。

そんな温寒のギャップをこそ温泉を楽しむ最大のキーではないか!?

つまり、温泉をもっとも楽しめる季節といえば……。

冬!?

いや諸説あるけれども。

「ガチガチヒエヒエの寒気に当てられてこそ温泉の温かさが身に染みる！　やはり温泉入るなら冬だ！　冬こそ温泉満喫の絶好機！」

「と、とはいえ季節は人の手じゃどうにもならないんでは？」

何しろ季節は春夏秋冬巡るものだし。

一年中冬になれーと言ってそんなことになるわけない。

かといって冬しか営業しないというのも苦しいし……。

「たしかに所詮人間には不可能なのだ。天候を操り、気候すらも自分の思い通りにすることなど。しかし、ドラゴンならどうかな？」

ま、まさか……!?

「おれ様の竜魔法にかかれば、この温泉宿の敷地内だけを永遠の冬に閉じ込めてしまうなど造作もないのだー!!　見ているがいいご主人様！　おれのお陰でこの温泉宿は一年中ベストコンディションなのだーッ!!」

ヴィールが魔力を振るうと、覿面《てきめん》周囲の空気が張り詰めてきた。

気温が下がっている証拠だ。

やがて晴天だったというのにチラホラ雪が舞い始め、さらにとどまらず強風を伴って吹雪となる。

「さむッ！　さむさむさむさむさむさむッ!?　これはちょっと寒すぎるんでは!?」

温泉に入れ！　さもなくば凍え死んでしまうぞ!?

慌てて湯船に飛び込むものの……あれ？

なんか温かくない？

湯気も立たず、それどころか氷が張っていく!?

『ドラゴンが本気で極寒魔法を使えばそうなりますの』

あッ、先生!?

ノーライフキングの先生もいらっしゃった!!

『いかに自然が生み出せし温泉といえどドラゴンの魔力には太刀打ちできませんでしたの。ヴィールも加減のわからぬヤツじゃ。ワシが適温にしてしんぜよう』

そう言って先生が指を一振りすると……。

おお、湯船がどんどん温かくなっていく。

ドラゴンの魔力も凄いがノーライフキングの魔力だって超絶だ。

一旦凝固点以下まで下がった水温を、人肌以上に加熱し直すことも造作もない。

「はぁー、あったかあったか。……ん？　あち？　あちちちちちちちちちちちちちちちちちちちちちちちちッ!?」

温かいどころの騒ぎじゃなかった。

熱い！

これはもはや熱湯の温度。表面がブクブク泡立っている!?

先生、これは熱し過ぎですよ！

カップ麺が作れる温度の温泉に入ったら、人は死にます!!

『はぁ～、いい湯じゃのう』

しかし先生は全然平気だった。

歳《とし》を取ると熱い湯が好みになるとか言うが、限度を超えすぎている!?

やっぱり、気温を操作するなんて風流じゃないよな、ということで開業前に廃案になった。

その他色々なことを考えたり実行したり失敗したりしながら、温泉宿は繁盛している。

あとがき

岡沢六十四《おかざわろくじゅうよん》です。

『異世界で土地を買って農場を作ろう』十四巻をお買い上げいただき、ありがとうございました!!

今回も様々なエピソードがありましたが、中でも一押しは温泉回!!

書き下ろし番外編も温泉の話ですし、村上《むらかみ》ゆいち先生が描いてくださったカバーイラストも温泉がテーマになっていて、実に温泉な一冊となりました!

実は今回、記念すべき温泉回をよりブラッシュアップしていこうと取材旅行に行ってきました!

行き先は鬼怒川《きぬがわ》!

有名な栃木の温泉街で、池袋ｏｒ新宿から特急一本で行けるのもとても利便性があってよろしい!

訪れた日は、季節外れの小春日和《こはるびより》で『せっかく温泉に入るんだから寒い方がいいなあ』なんて呟《つぶや》いていたら売店のおばさんから『夜になればクソ寒くなりますよ』と笑いながら言われました。

温かい土地柄でした。

地元民の経験談の通り夜になれば死ぬほど寒い。

そんな中に露天風呂で温まるのは寒暖のギャップが際立っていました。

そして鬼怒川温泉といえばその名の由来になっている鬼怒川。

川沿いに大体ホテルが建っているので露天風呂だと川の流れが望めるので目も楽しめる。

明るいうちは川の流れを楽しみながら温泉に入り、夜は寒暖の差で楽しめる。

そして夕食には和懐石料理で腹いっぱいになったあと、デザートにレモン牛乳。

『……栃木って本当にレモン牛乳が名物なんだ』ってなりました。

これで温泉宿の実感を得られて、オリジナル書き下ろしのネタも仕入れられた！

万全の手応えを得て鬼怒川をあとにしましたが……、いや、まだ足りないかもしれない。

さらなる完璧を追求して翌週には、さらにもう一ヶ所温泉地を訪ねました。


そこは草津。

温泉地といえば誰もが真っ先に思い浮かぶナンバーワン温泉地。

そこに行ってこそさらに何か得られるのではないかと。

そう思ってホテルの予約を取り、特急草津に乗り込みました。

そしたらビックリ。

乗客が多くて座れない……。予約のタイミングが悪かったのか指定席は埋まってたから自由席に乗るしかなかったんだけれど、自由席も満席なので長野原草津口駅に着くまで立っているしかないという。

この乗客三分の一でも鬼怒川へ向かえばいいのに……と思いました。

特急スペーシア（鬼怒川行き）に簡単に乗れたことで油断を誘われた……。

そしてやっとの思いで終着駅まで着いたものの、人ごみに加えさらなるものが私を襲う。

草津は雪が降ってました。

天気予報では曇りと言われていたのでまたもや油断を突かれる。

雪は、慣れない地域にとっては降っても積もっても大敵。僅かな量でも致命傷になりえて交通機能はマヒする。

寒さと雪に耐えかねてチェックインの時刻より一時間も早くホテルに駆け込みました。

ホテルのフロントで暖をとりつつ、どうにかこうにか辿《たど》りついたホテルの部屋は、個室露天風呂付き！　贅沢《ぜいたく》!!

しかしながら雪が舞い込む中での個室露天風呂は、お湯が湯船から溢《あふ》れ出すたびに床を凍らせる！

たしかにお湯に入っていれば温かいんだが、ずっと入っていたらのぼせる！

体を冷やすために湯船から出れば凍り付いた床が足元を容赦なく凍《い》てつかせる!!

生死にかかわるレベルの寒暖のギャップを味わえました。

まあそれでも大浴場に行けば普通に暖かかったし、翌日は一転して快晴だったので草津観光を楽しめました。バスで帰るまで。

などと浮かれ気分で取材旅行をしてきたんですが、まあそれも自分へのご褒美も兼ねてというか。

二〇一二年六月に生まれて初めての著作を発売してから何とかデビュー十周年を迎えることがで

きましたし、今年二〇二三年初めには他著作ながらアニメ放送も叶《かな》いました。

その勢いではしゃいだ成分も含んでいますね。

本年は私にとっては区切りの年と言ってよく、そのタイミングで出せた十四巻も思い入れの深い一冊になりそうです。

一旦区切っても、そこからさらに長く続けられますよう、これからもよろしくお願いいたします!!

異世界で土地を買って農場を作ろう 14

発行　2023年5月25日　初版第一刷発行

著者　岡沢六十四

イラスト　村上ゆいち

発行者　永田勝治

発行所　株式会社オーバーラップ
〒141-0031
東京都品川区西五反田8-1-5

校正・DTP　株式会社鷗来堂

印刷・製本　大日本印刷株式会社

ISBN　978-4-8240-0504-5 C0093

【オーバーラップ　カスタマーサポート】
電話　03-6219-0850
受付時間　10時～18時（土日祝日をのぞく）

作品のご感想、ファンレターをお待ちしています

あて先：〒141-0031　東京都品川区西五反田8-1-5 五反田光和ビル4階　オーバーラップ編集部
「岡沢六十四」先生係／「村上ゆいち」先生係

スマホ、PCからWEBアンケートにご協力ください

アンケートにご協力いただいた方には、下記スペシャルコンテンツをプレゼントします。
★本書イラストの「無料壁紙」　★毎月10名様に抽選で「図書カード（1000円分）」

公式HPもしくは左記の二次元バーコードまたはURLよりアクセスしてください。
▶ **https://over-lap.co.jp/824005045**
※スマートフォンとPCからのアクセスにのみ対応しております。
※サイトへのアクセスや登録時に発生する通信費等はご負担ください。

オーバーラップノベルス公式HP ▶ **https://over-lap.co.jp/lnv/**